KB105652

Kobayashi Takiji

게
가
공
선

한국어판 ⓒ 도서출판 잇북 2018

1판 1쇄 인쇄 2018년 1월 16일
1판 1쇄 발행 2018년 1월 20일

지은이 고바야시 다키지
옮긴이 전설
펴낸이 김대환
펴낸곳 도서출판 잇북

편집 김량
디자인 한나영

주소 (10893) 경기도 파주시 와석순환로 347, 212-1003
전화 031)948-4284
팩스 031)947-4285
이메일 itbook1@gmail.com
블로그 http://blog.naver.com/ousama99
등록 2008. 2. 26 제406-2008-000012호

ISBN 979-11-85370-10-1 03830

이 도서의 국립중앙도서관 출판예정도서목록(CIP)은 서지정보유통지원시스템 홈페이지(http://seoji.nl.go.kr)와 국가자료공동목록시스템(http://www.nl.go.kr/kolisnet)에서 이용하실 수 있습니다.(CIP제어번호: CIP2018000811)

고바야시 다키지

//////////////////////////////

게 가공선

전설 옮김

잇북
it BOOK

차 례

사진으로 보는 《게 가공선》

〈게 가공선〉의 배경인 캄차카 반도 근해

'게 가공선'의 실제 모습

영화에서 재현한 핫코 호

〈게 가공선〉 집필 당시의 고바야시 다키지

〈게 가공선〉 기념 우표

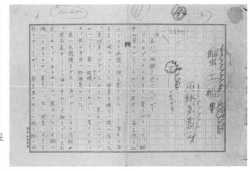

〈게 가공선〉 자필 원고

게 가공선

1

"어이, 지옥으로 가는 거야!"

두 사람은 갑판 난간에 기대 달팽이가 발돋움하듯 몸을 앞으로 쭉 빼고 바다를 감싸 안고 있는 하코다테函館 거리를 바라보고 있었다. 어부는 침을 뱉으며 손가락에 닿을 정도로 바싹 피운 담배를 내던졌다. 담배는 곡예를 부리듯 이리저리 뒤집히며 바다에서 높이 솟아오른 선복船腹에 닿을락 말락하면서 떨어졌다.

그의 온몸에선 술 냄새가 진동했다.

빨간 올챙이배로 널찍하게 자리를 잡고 바다에 떠 있는 기선은 한창 화물을 싣고 있는지 바다 속에서 소매라도 잡아채인 듯

한쪽으로 심하게 기울어 있다.

노랗고 굵다란 굴뚝, 커다란 방울 같은 부표, 빈대처럼 배와 배 사이를 분주히 누비고 다니는 소형 증기선, 살풍경하게 일렁이는 그을음, 빵부스러기와 썩은 과일이 둥둥 떠다니는 파도는 마치 특이한 모양의 직물을 보는 것 같다.

바람을 타고 연기가 파도와 스치듯 너울거리며 역한 석탄 냄새를 보냈다. 덜그럭덜그럭 윈치winch(원통형의 드럼에 쇠밧줄을 감아 도르래를 이용해서 무거운 물건을 높은 곳으로 들어 올리거나 끌어당기는 기계. 권양기라고도 한다) 소리가 이따금 파도를 타고 건너와 귓전에서 울렸다.

두 사람이 타고 있는 게 가공선(게를 잡아 그 자리에서 바로 통조림 등으로 가공할 수 있는 설비를 갖춘 일종의 모선식 어업에 사용하는 배) 핫코博光 호 앞에서는 페인트가 벗겨진 범선이 뱃머리의 소콧구멍 같은 곳에서 닻을 내리고 있었다.

범선의 갑판 위에선 마도로스파이프를 입에 문 두 외국인이 기계인형처럼 같은 자리를 몇 번이나 왔다 갔다 하고 있는 모습이 보였다. 러시아 배인 듯싶다. 분명 일본의 '게 가공선'을 감시하는 배일 것이다.

"우리 이제 땡전 한 푼 없는 빈털터리야. 에이, 씨팔."

그렇게 말하고는 몸을 틀어 다른 한 명의 어부에게 다가가더니 그의 손을 잡고 자신의 허리께로 가져가 한텐袢天(주로 직공이나 장인, 점원 등 육체노동자의 작업복) 안쪽의 코르덴바지 주머니에 댔다. 작은 상자 같은 것이 만져졌다.

"히히히, 화투야."

구명정이 있는 갑판 위에선 '장군' 같은 모습의 선장이 어슬렁거리면서 담배를 피우고 있었다. 입에서 뿜어져 나오는 연기가 코끝에서 급하게 각도를 꺾으며 허공으로 흩어졌다. 바닥에 나무를 댄 쪼리를 끌며 음식물 양동이를 든 선원이 부지런히 '바깥쪽' 선실을 드나들었다.

준비는 다 끝났다. 이제 출발하는 일만 남았다.

잡역부가 있는 선실의 해치hatch(사람이니 화물 따위의 출입을 위하여 설치한 갑판의 개구부)를 위에서 내려다보면 어두침침한 배 밑바닥의 선반에서 둥지에서 얼굴만 삐죽 내밀고 지저귀는 새처럼 떠들고 있는 아이들이 보였다. 모두 열네다섯 살 먹은 소년들이었다.

"넌 어디야?"

"××마을."

모두 다 같았다. 하코다테의 빈민굴에서 온 아이들뿐이었다. 그렇다는 것은 그것만으로도 한 덩어리로 모이게 했다.

"저쪽 선반은?"

"남부."

"그게 어딘데?"

"아키타秋田."

그들은 무슨무슨 선반으로 나뉘어 있었다.

"아키타 어디?"

찐득한 고름 같은 콧물을 흘리며 눈가가 벌겋게 짓무른 아이가 말했다.

"기타아키타北秋田라던데요."

"농사꾼인가?"

"그런가 봐요."

실내에선 과일이라도 썩은 것처럼 퀴퀴한 냄새가 진동했다. 게다가 절인 채소를 수십 통이나 보관하는 방이 바로 옆이라 '똥' 냄새 같은 것도 섞여 있었다.

"다음엔 아저씨가 안고 자주마."

어부가 낄낄 웃었다.

어둑어둑한 구석 쪽에선 한텐에 모모히키股引(통이 좁은 바지 모양의 남자 옷, 작업복으로 많이 입는다)를 입고 보자기를 세모꼴로 뒤집어쓴 날품팔이로 보이는 어머니가 사과를 깎아 선반에 배를 깔고 누워 있는 아이에게 먹여주고 있었다. 아이가 먹는 모습을 보면서 자기는 둘둘 말려 있는 사과 껍질을 먹고 있다.

그녀는 뭐라 말하기도 하고, 아이 옆에 있는 작은 보따리를 몇 번이나 풀고 싸기를 되풀이하기도 했다. 그런 여자가 일고여덟 명이나 되었다. 배웅하러 온 사람이 아무도 없는 내지內地에서 온 아이들은 그쪽을 이따금 훔쳐보듯 힐끔거리고 있었다.

머리며 몸에 온통 시멘트 가루를 뒤집어쓴 여자가 캐러멜을 갑에서 두 알씩 꺼내 근처 아이들에게 나눠주면서 말했다.

"우리 겐키치健吉랑 사이좋게 지내야 한다, 알겠지?"

나무뿌리처럼 보기 흉하게 크고 거친 손이었다.

아이의 코를 풀어주는 여자, 수건으로 얼굴을 닦아주는 여자, 소곤소곤 뭔가 말하고 있는 여자도 있었다.

"당신 아이는 튼튼해 보이네요."

어머니들이었다.

"아, 예."

"우리 아이는 몸이 너무 약해서 걱정이에요. 어떻게 해야 할지 모르겠어요. 무엇보다도……."

"그건 어딜 가나 마찬가지예요."

두 어부가 해치에서 갑판으로 얼굴을 내밀고 한숨을 쉬었다. 그러고는 심기가 불편한지 둘 다 입을 다문 채 갑자기 잡역부의 구덩이에서 뱃머리 쪽에 가까운 사다리꼴의 자기들 '소굴'로 돌아갔다.

그곳에선 닻을 올리거나 내릴 때마다 콘크리트 믹서 속에 던져진 것처럼 다들 뛰어오르며 서로 몸을 부딪칠 수밖에 없었다.

어두컴컴한 실내에서 어부들은 돼지처럼 빈둥거리고 있었다. 게다가 돼지우리를 쏙 빼닮은, 금방이라도 토할 것 같은 역겨운 냄새가 나고 있었다.

"아, 구리다, 구려."

"그래, 우리들 냄새야. 정말 이렇게 썩은 냄새도 없을 거야."

머리가 빨간 절구통처럼 생긴 어부가 한 되들이 술병을 들고 이가 나간 밥공기에 술을 따라 마른 오징어를 질겅질겅 씹으면서 마시고 있었다. 그 옆에서는 벌렁 드러누운 또 다른 사람이 사과를 먹으면서 표지가 너덜너덜해진 《고단 잡지講談雜誌》(1915년 창간된 일본의 대중문학잡지. 1954년 폐간되었다)를 읽고 있었다.

네 명이 둘러앉아 마시고 있는데 아직 술이 부족한 한 명이 비집고 들어왔다.

"……그렇잖아. 넉 달이나 바다 위에만 있을 텐데, 그거라도 해야지 싶어서……."

다부진 체격의 어부가 이렇게 말하며 버릇인 듯 두꺼운 아랫입술을 이따금 핥으면서 눈을 가늘게 떴다.

"그래서 지갑이 이래."

그러고는 말라비틀어진 곶감처럼 찰싹 달라붙은 얇은 지갑을 눈높이에서 흔들어 보였다.

"그 매춘부 말이야, 몸집은 요따구로 작은데 맛은 정말 끝내주더군!"

"이봐, 그만해, 그만!"

"네, 네. 나 원 참."

상대는 헤헤헤 웃었다.

"저것 봐. 감동스러운 장면이야. 그치?"

술에 취한 눈을 정면의 맞은편 선반 아래에 고정시킨 채 한 사내가 턱짓을 하며 말했다.

한 어부가 아내에게 돈을 건네고 있는 모습이었다.

"저것 좀 봐."

작은 상자 위에 구겨진 지폐와 은화를 늘어놓고 둘이서 그것을 세고 있었다. 남자는 작은 수첩에 연필을 핥아가며 뭔가를 쓰고 있었다.

"저거 보라구, 응?"

"나도 마누라와 자식은 있어!"

매춘부 이야기를 했던 어부가 갑작스레 화난 것처럼 말했다.

거기에서 조금 떨어진 선반에서는 앞머리만 기른 젊은 어부가 숙취에 푸석해진 얼굴로 말하고 있었다.

"나도 말이야, 이번엔 정말로 배를 타지 않으려고 했어."

목소리가 컸다.

"그런데 소개소 놈한테 끌려 다니다 빈털터리가 된 거야. 또 한동안 죽어지내게 생겼어."

이쪽으로 등을 보이고 있는 같은 곳에서 온 듯한 사내가 그 말에 뭐라 소곤소곤 말했다.

해치에서 커다란 자루를 둘러맨 사내가 계단을 내려왔다. 그는 마룻바닥에 서서 두리번두리번 주위를 둘러보다 빈자리를 발견하고는 선반으로 올라왔다.

"안녕하슈."

그는 인사를 하며 옆자리의 사내에게 고개를 숙였다. 얼굴은 뭔가에 물든 것처럼 번들번들하고 검었다.

"나도 좀 끼워주슈."

나중에 알고 보니 이 사내는 배를 타기 직전까지 유바리夕張 탄광에서 7년 동안 광부로 있었다고 한다. 그런데 일전에 있었던 가스 폭발로 하마터면 죽을 뻔했기 때문에—물론 전에도 같은 일이 몇 번이나 있었지만—광부로 일하는 것이 갑자기 두려워져서 광산을 내려온 것이었다.

폭발이 일어났을 때 그는 같은 갱 안에서 갱차를 밀고 있었다. 석탄을 갱차에 가득 싣고 다른 사람의 담당 구역으로 갔을 때였다. 순간 그는 마그네슘 덩어리 100개가 한꺼번에 눈앞에서 터진 줄 알았다. 그리고 동시에 500분의 1초도 어긋남 없이 자신의 몸이 종잇조각처럼 어딘가로 날아올랐다고 생각했다. 가스 압력으로 몇 대의 갱차가 빈 성냥갑보다 가볍게 눈앞에서 허공으로 휙 날아갔다. 그 이후로는 기억이 없었다. 시간이 얼마나 흘

렀을까. 자신의 신음소리에 눈을 떴다. 감독관과 인부가 폭발이 다른 곳에 미치지 않도록 갱도에 벽을 만들고 있었다. 그는 그때 벽 뒤편에서 구하려 했다면 구할 수 있는 광부의, 한번 들으면 마음속에 새겨진 것처럼 절대로 잊을 수 없는, 도움을 청하는 소리를 '확실히' 들었다.

그는 벌떡 일어나서 미친 듯이 소리쳤다.

"안 돼, 안 돼!"

그러고는 사람들 속으로 뛰어 들어갔다. (전에 그도 자신의 손으로 벽을 만든 적이 있었다. 하지만 그때는 아무렇지도 않았다.)

"이 멍청한 새끼야! 여기에 불이라도 옮겨 붙으면 손실이 얼마나 큰지 몰라?"

그런데 목소리가 점점 작아지는 것을 알 수 있었다. 그는 무슨 생각을 했는지, 갑자기 손을 휘젓고 울부짖으며 갱도를 미친 듯이 뛰어다니기 시작했다. 몇 번이나 넘어지면서 갱목에 이마를 찧었다. 온몸이 진흙과 피로 범벅이 되었다. 도중에 갱차 굄목에 발이 걸려서 배대되치기라도 당한 것처럼 레일 위로 나동그라진 그는 다시 정신을 잃고 말았다.

그 이야기를 듣고 있던 젊은 어부가 이렇게 말했다.

"글쎄, 여기라고 별반 다르지 않은데."

그는 광부 특유의 눈이 부신 듯한 누렇고 윤기가 없는 시선으로 어부를 빤히 쳐다보며 잠자코 있었다.

아키타, 아오모리青森, 이와테岩手에서 온 '농사꾼 출신 어부' 중에는 거만하게 책상다리를 하고 앉아서 양손을 비스듬하게 다리 사이에 찔러 넣고 성난 표정을 짓고 있는 자가 있는가 하면 무릎을 끌어안고 기둥에 기대 무심하게 술을 마시고 있는 자, 옆에서 멋대로 떠드는 소리를 그냥 듣고 있는 자도 있었다.

동이 트기도 전에 밭에 나가 열심히 일했지만 입에 풀칠조차 할 수 없어서 떠나온 사람들이었다. 맏아들 혼자 남겨놓고, 그래도 아직 먹고살 수가 없어서 아내는 공장 여공으로, 둘째아들과 셋째아들도 어딘가로 돈을 벌러 나가야만 했다. 냄비에 콩을 볶듯이 남은 사람들도 줄줄이 고향에서 튕겨져 나가 거리로 흘러나왔다.

그들은 모두 '돈을 벌어' 고향으로 돌아가고 싶어 했다. 그러나 바다에서 일을 하다 일단 육지에 발을 디디면 찰떡을 밟은 작은 새처럼 하코다테나 오타루小樽에서 발만 동동 구르며 벗어나지 못했다. 그러다 보면 너무나 쉽게 '태어났을 때'와 조금도 다르지 않은 알몸이 되어 쫓겨났다. 결국 고향으로는 돌아가지 못하게 되었다.

그들은 의지할 데 없는 눈의 고장 홋카이도北海道에서 '해를 넘기기' 위해 자신의 몸을 코딱지만 한 품값에 팔아넘길 수밖에 없었다. 그런 일이 몇 번이나 되풀이되어도 그들은 사리분별을 못하는 어린아이처럼 이듬해가 되면 또다시 태연하게(?) 같은 짓을 되풀이했다.

과자 상자를 짊어진 여자와 약장수, 일용품 장수가 들어왔다. 그들은 선실 한가운데의 외딴섬처럼 구분된 곳에 각자의 물건들을 펼쳐놓았다. 어부들은 사방에 있는 선반의 위쪽과 아래쪽 침상에서 몸을 내밀고 농담을 하거나 담소를 나누고 있었다.

"어이, 과자 파는 아가씨. 나랑 잘래?"

"어머나, 간지러워라!"

과자 파는 여자는 소리를 지르며 펄쩍 뛰었다.

"남의 엉덩이를 왜 만져요? 이 남자 못쓰겠네!"

과자를 입에 넣고 우물우물 씹던 남자가 다른 이들의 시선이 자신에게 일제히 쏠리자 계면쩍어하며 낄낄 웃었다.

"이 여자 정말 귀엽네."

변소에 갔다가 한쪽 벽을 손으로 짚어가면서 위태위태하게 돌아온 술주정뱅이가 여자 옆으로 지나가며 검붉게 불룩해진 여자의 볼을 콕 찔렀다.

"뭐예요?"

"화내지 마. 이 여잘 안고 자야겠구먼."

그는 그렇게 말하며 여자를 희롱했다. 모두가 웃었다.

"어이 만두, 만두!"

한쪽 구석에서 누군가 큰 소리로 불렀다.

"네…….'

이런 곳에선 듣기 힘든 꾀꼬리 같은 목소리로 여자는 대답했다.

"얼마나 드릴까요?"

"얼마나? 두 개나 있었으니 병신이 됐지. 만두, 만두!"

갑자기 와하고 웃음소리가 터졌다.

"일전에 다케다竹田라는 사내가 저 과자 파는 여자를 억지로 아무도 없는 데로 끌고 갔었대. 그런데 재미있는 건 아무리 하려고 해도 안 됐다는 거야."

술에 취한 젊은 남자였다.

"속옷을 입고 있었는데 다케다가 그것을 느닷없이 확 잡아당겨서 벗겨냈대. 그런데 밑에 또 입고 있었다는 거야. 석 장이나 입고 있었다고⋯⋯."

그 남자는 겨울에는 고무신 공장에서 직공으로 일했다. 봄이 되어 일이 없어지면 캄차카Kamchatka(아시아의 동북부, 태평양 쪽으로 튀어나온 반도로 러시아령. 동쪽에 베링 해, 서쪽에 오호츠크 해가 있고, 여기서는 캄차카 연해에서의 게 잡이를 말한다)로 돈을 벌러 나왔다. 어느 쪽 일이나 '계절노동'이기 때문에 (홋카이도에서 하는 일은 거의 다 그랬다.) 갑자기 야근이라도 하게 되면 몇 날 며칠이고 줄기차게 이어졌다.

"벌써 삼 년이나 살아 있으니 감사하지."

질 떨어지는 고무처럼 죽어버린 피부색의 그는 그렇게 말했다.

어부들 중에는 홋카이도 오지의 개간지나 철도 부설 토목공사장에 '날품팔이'로 팔려갔던 사람이며 일자리를 찾아 각지를 떠돈 '떠돌이', 술만 마실 수 있으면 무슨 일이든 상관 않고 할 수 있다는 사람 등이 있었다. 아오모리 인근의 선량한 촌장에게 뽑혀서 온 '아무것도 모르는' 나무뿌리처럼 정직한 농사꾼도 그들 가운데 섞여 있었다. 그리고 이렇게 각양각색의 사람들이 모이는 것이 고용하는 처지에서 보면 더할 나위 없이 좋은 일이었다.

(하코다테의 노동조합은 캄차카 행 게 가공선의 어부들 사이에 조직원을 심는 일에 목숨을 걸고 있었다. 아오모리와 아키타의 조합에서도 연락을 취하는 등 고용주들은 그것을 무엇보다도 두려워하고 있었다.)

풀을 먹인 청백색의 길이가 짧은 웃옷을 입은 잔심부름꾼 소년이 '윗분'들의 객실로 맥주와 과일, 양주잔을 들고 분주히 드나들고 있었다. 객실에는 '회사의 무서운 사람들, 즉 선장과 감독관을 비롯해 캄차카에서 경비를 담당하는 구축함의 대장님과 해양경찰서장, 해원조합海員組合의 잡역부장雜役夫長'이 있었다.

"빌어먹을, 엄청들 처먹네."

잔심부름꾼 소년은 짜증이 나 있었다.

어부들의 '소굴'에는 해당화 같은 주홍빛 전등이 켜져 있었다. 담배 연기와 사람들의 훈김으로 탁해진 공기와 냄새 탓에 소굴 전체가 그대로 '똥통'이었다. 구획 별로 나뉜 침상에서 뒹굴거리는 인간이 구더기처럼 꿈틀거리는 듯했다.

어업 감독관을 선두로 선장과 공장 대표, 잡역부장이 해치를 내려왔다. 선장은 끝이 말려 올라간 콧수염이 신경 쓰이는지 손수건으로 줄곧 윗입술을 매만졌다. 통로에는 사과와 바나나 껍질, 축축해진 작업화, 짚신, 밥풀이 묻어 있는 얇은 피의 만두 따위가 버려져 있었다. 흐름이 멈춘 도랑이었다.

감독관은 그것들을 힐끗 처다보고는 무람없이 침을 퉤 뱉었다. 다들 술을 마셨는지 얼굴이 벌게져 있었다.

"한마디해두겠다."

공사장 십장처럼 다부진 체격의 감독관이 한쪽 다리를 침상 칸막이에 올리고 이쑤시개를 우물우물 씹으면서 이따금 이 사이에 낀 것을 퉤퉤 뱉으며 입을 열었다.

"아는 사람도 있겠지만 말할 필요도 없이 이 게 가공선 사업은 단순히 한 회사의 돈벌이 사업으로만 볼 것이 아니라 국제적으로도 아주 중요한 일이다. 우리가 우리 일본제국인민이 위대한지, 아니면 로스케(러시아인을 낮잡아 부르는 말)가 위대한지를 놓고 벌이는 일대일 전쟁이다. 그런데 만약, 만약이라도 그런 일이 절대로 있어서는 안 되겠지만, 우리가 지는 일이 벌어졌을 때는 불알을 달고 있는 일본 남아라면 배를 가르고 캄차카 바닷속에라도 뛰어들어야 할 것이다. 우리가 몸뚱이가 작다고 해도 아둔한 로스케한테 져서야 되겠는가? 게다가 우리의 캄차카 어업은 게 통조림뿐만 아니라 연어, 송어와 함께 국제적으로 말하면 다른 나라와는 비교할 수 없을 정도로 우수한 지위를 유지해오고 있고, 또한 일본 국내의 한계에 다다른 인구문제, 식량문제에 대해 중대한 사명을 띠고 있다. 이런 말을 해봐야 너희들은 이해하지 못하겠지만, 어쨌든 일본제국의 위대한 사명을 위해 너희들은 목숨을 걸고 북해의 거친 파도를 뚫고 나아가야 한다는 것을 알아야 할 것이다. 그렇기 때문에 저쪽에 가도 우리의 군함이 항상 우리를 지켜주게 된 것이다. ……그런데 요즘 유행하는 로스케 흉내를 내며 당치도 않은 일을 부추기는 놈이 있다면 그놈이야말로 단적으로 말해서 일본제국을 팔아먹는 놈이다. 그럴 일은 없겠지만 꼭 명심해두길 바란다."

감독관은 술이 깨려는지 재채기를 몇 번이나 연거푸 했다.

술 취한 구축함 대장님께선 스프링 인형처럼 어색한 걸음걸이로 대기하고 있던 소형 증기선에 타기 위해 트랩trap(배나 비행기를 타고 내릴 때 사용하는 사다리)을 내려갔다. 수병이 위쪽과 아래쪽에서 자루에 담긴 자갈 같은 함장을 부축하며 주체하지 못하고 있었다. 손을 휘젓고 양다리로 버티는가 하면, 멋대로 지껄여대는 함장 때문에 수병은 정면에서 몇 번이나 자기 얼굴에 함장의 침 세례를 받아야 했다.

"맨 정신엔 이러쿵저러쿵 훌륭한 말만 지껄이더니 결국 저 꼴이군."

함장을 겨우 태우고 나서 수병 중 하나가 트랩 층계참에서 밧줄을 풀며 함장을 힐끗 쳐다보고 낮은 목소리로 말했다.

"해치워버릴까?"

두 사람은 순간 숨을 삼켰지만, 잠시 후 함께 웃기 시작했다.

2

슈쿠쓰祝津의 등대가 돌 때마다 반짝반짝 빛나는 불빛이 저 멀리 오른쪽으로 온통 잿빛의 바다 같은 해무 속에서 보였다. 그 등대가 다른 쪽으로 돌아갈 때면 신비롭게도 길고 멀리 뻗어 있는 은백색의 빛살을 몇 해리나 확 잡아당겼다.

루모이留萌 앞바다 인근부터 가는 비가 찔끔찔끔 내리기 시작했다. 어부와 잡역부들은 게의 집게발처럼 추위로 곱은 손을 가끔씩이라도 품속에 집어넣거나, 양손을 입에 대고 호오〜 입김을 불어주며 움직여야만 했다.

낫토納豆(푹 삶은 메주콩을 볏짚꾸러미·보자기 따위에 싸서 더운방에서 띄운 것)의 가늘고 긴 실 같은 비가 그와 같은 색의 불투명한 바다로 줄기차게 내리고 있었다. 왓카나이稚内에 가까워지자 빗줄기가 굵어지면서 드넓은 바다의 수면이 나부끼는 깃발처럼 일렁이며 거칠어졌다. 돛대에 부딪히는 바람이 불길하게 울었다. 대갈못이 헐거워진 것처럼 배의 여기저기에서 끊임없이 끼익끼익 소리가 났다.

소야宗谷 해협으로 들어섰을 때는 3,000톤에 이르는 이 배도 딸꾹질을 하듯 이리저리 뒤뚱거렸다. 그리고 어떤 엄청난 힘이 배를 쑥 들어올렸다. 순간 배가 허공으로 떠올랐다가 이내 원래 위치로 가라앉았다. 그럴 때마다 마치 엘리베이터가 급강하하는 순간 오줌을 지릴 것 같은 근질근질한 불쾌감을 느꼈다. 잡역부는 얼굴이 누렇게 질려서 뱃멀미가 나는지 눈만 날카롭게 치뜨고 왝왝 구역질을 했다.

파도의 물보라에 뿌예진 동그란 현창舷窓으로 이따금 사할린의 눈 쌓인 단단한 산등성이가 보였다. 그러나 곧바로 그것은 유리창 너머에서 알프스의 빙산처럼 울퉁불퉁 솟아오르는 파도에 가려졌다. 으스스하고 깊은 골짜기가 생긴다. 그것이 순식간에 다가와 창문을 강타하고 부서지며 거품을 일으킨다. 그리고 그대로 뒤로, 뒤로, 창문을 미끄러지며 파노라마처럼 흘러간다.

배는 이따금 아이들처럼 몸을 흔들었다. 선반에서 물건이 떨어지는 소리, 끼익 하고 뭔가 휘어지는 소리, 파도가 배 옆구리를 철썩 때리는 소리가 났다. 그러는 동안에도 기관실로부터는 엔진 소리가 여러 기구器具를 통해 작은 진동과 함께 울리고 있었다. 때때로 파도를 올라타면 스크루가 헛돌면서 날개로 수면을 때렸다.

바람은 더욱 거칠어져만 갔다. 두 개의 돛대는 낚싯대처럼 휘어져서 웅웅 울기 시작했다. 파도는 통나무를 단숨에 뛰어넘듯이 대수롭지 않게 배의 이쪽에서 저쪽으로 조직폭력배들처럼 난입했다가 흘러나갔다. 파도가 빠져나가는 출구는 그 순간 폭포가 되었다.

순식간에 솟아오른 파도가 잠깐 배 옆구리로 올라올 때가 있었다. 그러면 배는 파도에 삼켜진 것처럼 그 골짜기 밑바닥으로 곤두박질쳤다. 지금이라도 당장 침몰할 것 같았다. 그러나 골짜기 밑바닥에선 금세 다른 파도가 불쑥 솟아올라 쿵 하고 배 옆구리에 부딪혔다.

오호츠크 해로 나오자 바다 색깔이 한결 더 뚜렷하게 잿빛을 띠었다. 잡역부들은 옷 속으로 파고드는 오싹한 한기에 입술이 흙빛이 되어 일하고 있었다. 추위가 심해질수록 소금처럼 메마른 작은 눈이 세차게 쏟아졌다. 그것은 작은 유리 파편처럼 갑판에서 납작 엎드려 일하고 있는 잡역부와 어부 들의 얼굴과 손을 찔렀다.

파도가 한번 갑판을 쓸고 지나간 후에는 금방 얼어붙어서 바닥이 반질반질 미끄러웠다. 다들 갑판의 이쪽에서 저쪽으로 굵은 밧줄을 치고 저마다 기저귀처럼 그 밧줄에 매달려 작업을 해야 했다. 감독관은 연어를 때려죽일 때 쓰는 곤봉을 들고 고함을 지르며 다녔다.

동시에 하코다테를 출항했던 다른 게 가공선들은 어느 틈엔가 뿔뿔이 흩어졌다. 그래도 알프스 산맥의 정상에 오르듯 배가 한껏 솟아올랐을 때는 물에 빠진 사람이 양팔을 휘젓고 있는 것처럼 심하게 흔들리는 두 개의 돛대만이 멀리 보이곤 했다.

담배연기 같은 연기가 파도에 닿을 듯 말 듯하며 떠다니고 있었다. 크고 작은 파도와 아비규환 속에서 분명히 그 배가 내는 것으로 짐작되는 기적 소리가 뿌웅, 뿌웅 하고 띄엄띄엄 들려왔다. 그런데 다음 순간 이쪽이 위태위태하게 골짜기 밑바닥으로 굴러 떨어지기 시작했다.

　게 가공선에는 가와사키부네川崎船(게 가공선에 부속되어 있는 배로 보통은 10톤 미만의 소형 증기선이다. 저자망底刺網을 내리거나 끌어올리는 작업을 한다)를 여덟 척 싣고 있었다. 선원이든 어부든 그것을 수천 마리의 상어 떼처럼 허연 이빨을 드러낸 채 덤벼드는 파도가 낚아채 가지 못하도록 단단히 붙들어 매기 위해 자신들의 목숨을 걸어야만 했다.

　"너희들 한두 명의 목숨 따위는 아무것도 아니다. 가와사키부네가 한 척이라도 없어졌다간 가만두지 않겠다."

　감독관은 우리말로 분명히 그렇게 말했다.

　캄차카 해는 어서 오라며 마치 우리를 기다리고 있었다는 듯 쫄쫄 굶고 있는 사자처럼 덤벼들었다. 배는 사자 앞의 토끼보다 훨씬 나약했다. 하늘을 온통 뒤덮으며 흩날리는 눈보라는 바람에 따라 하얗고 거대한 깃발이 나부끼는 것처럼 보였다. 그러나 거칠어진 바다는 잠잠해질 기미가 보이지 않았다.

　작업이 끝나자 다들 '똥통' 속으로 줄줄이 들어갔다. 손과 발은 무처럼 차가워져서 아무 감각 없이 몸에 붙어 있었다. 다들 누에처럼 각자의 선반 속으로 들어가 버리더니 아무도 말하는 사람이 없었다. 벌렁 드러누워서 쇠 버팀대에 몸을 맡기고 있을 뿐이었다.

배는 등에 매달린 쇠파리를 쫓는 말처럼 선체를 마구 흔들었다. 어부들은 갈 곳을 잃은 시선을 하얀 페인트가 누렇게 바랜 천장으로 보내거나, 바다 속에 거의 잠긴 검푸른 원형 창문을 바라보았다. 개중에는 넋이 나간 듯 멍하니 입을 반쯤 벌리고 있는 사람도 있었다. 누구나 아무 생각이 없었다. 막연하고 불안한 자각이 모두를 불쾌한 침묵에 빠뜨렸다.

누군가 고개를 뒤로 젖히며 위스키로 병나발을 불었다. 적황색으로 뿌예진 흐릿한 전등 빛을 받아 반짝이는 병 모서리가 보였다. 텅텅텅, 빈 위스키 병이 두세 군데에서 지그재그로 부딪치며 선반에서 통로로 날아갔다. 모두가 그쪽으로 고개만 돌리고 눈으로 병을 쫓았다. 구석 쪽에서 누군가가 화난 목소리로 말했다. 거친 바닷소리에 묻혀 그 소리가 띄엄띄엄 끊겨서 들렸다.

"일본에서 멀어지고 있어."

누군가 이렇게 말하며 원형 창문을 팔꿈치로 닦았다.

'똥통'의 난로는 연기만 피워 올릴 뿐 활활 타오르지 않았다. 연어나 송어로 오인 받아 냉동고에 던져진 것처럼 '살아 있는' 사람들은 '똥통' 안에서 덜덜 떨고 있었다. 돛천으로 덮어놓은 해치 위를 파도가 쏴아쏴아 쓸고 지나갔다. 그럴 때마다 북통의 안쪽처럼 '똥통'의 철벽에 무시무시한 반향이 일었다. 이따금 자고 있는 어부의 바로 옆에서 남자의 강한 어깨가 들이받듯이 쿵 하고 소리가 났다. 배는 마치 죽어가는 고래가 미쳐 날뛰는 파도 사이에서 고통으로 발버둥 치듯 버둥거리고 있었다.

"밥이다!"

요리사가 문에서 상반신만 내민 채 입에 양손을 모으고 소리쳤다.

"바다가 거칠어서 국은 없다."

"뭐라고?"

"우라질, 또 생선 자반이군!"

어부들의 표정이 일그러졌다.

그러나 다들 일제히 몸을 일으켰다. 그들은 먹는 것에 죄수 같은 집착을 갖고 있었다. 걸신이라도 들린 듯했다.

자반 접시를 책상다리 위에 올려놓고 입김을 불어가면서 찰기가 없어서 따로따로 노는 뜨거운 밥알을 입이 미어져라 넣고 혀 위에서 바쁘게 이리저리 굴렸다. '처음'으로 뜨거운 기운이 코끝에 닿자 콧물이 쉴 새 없이 흘러내려서 하마터면 밥에 떨어질 뻔했다.

밥을 먹고 있는데 감독관이 들어왔다.

"이런 빌어먹을 놈들, 작작 좀 처먹어라. 일도 제대로 못했는데 배불리 먹여줄 것 같으냐!"

감독관은 선반의 위아래를 빤히 쳐다보더니 왼쪽 어깨만을 앞으로 흔들면서 밖으로 나갔다.

"저놈한테 저런 말을 할 권리가 있는 거야?"

뱃멀미와 과도한 노동으로 살이 쏙 빠진 학생 출신의 어부가 투덜거렸다.

"아사카와浅川 저 새끼, 게 가공선의 아사카와인지 아사카와의 게 가공선인지 모르겠군."

"천황 폐하는 구름 위에 계시니 우리들이 뭘 하든 상관없겠지만, 아사카와 저 새끼는 그렇게는 안 된다는 거겠지."

다른 쪽에서 누군가 입을 삐쭉 내밀며 말했다.

"치사한 놈. 뭐야, 밥 한두 공기 갖고! 죽통을 확 날려버릴까 보다."

"멋지군, 멋져. 그 말을 똑같이 아사카와 앞에서 할 수 있다면 정말 멋져버리지!"

다들 화는 나지만 어쩔 수가 없어서 웃고 말았다.

밤이 이슥해지자 비옷을 입은 감독관이 어부들이 자고 있는 곳으로 들어왔다. 배가 흔들리는 탓에 선반 테두리를 잡고 의지하면서 어부들 사이로 일일이 석유등을 비추며 걸어갔다. 그리고 호박처럼 둥글둥글한 머리를 거리낌 없이 획획 돌려가며 석유등으로 비춰본다. 설령 짓밟힌다 해도 어부들은 잠에서 깰 리 없었다.

다 비춰보고 나자 감독관은 그 자리에 서서 혀를 찼다. 어떻게 할지 고민하는 표정이었다. 그러나 그러는 것도 잠시 바로 다음 칸인 식당 쪽으로 걷기 시작했다. 부채꼴로 퍼지는 푸르스름한 석유등 불빛이 흔들릴 때마다 너저분한 선반의 일부와 목이 긴 고무장화, 버팀대에 걸려 있는 한텐, 그리고 행장의 일부가 빛 속에서 얼핏 나타났다가 사라졌다. 발밑에서 흔들리는 불빛이 아주 짧은 순간 멈추는가 싶더니 식당 문에 환등幻燈 같은 동그란 빛의 고리를 만들었다.

이튿날 아침이 되어서야 잡역부 한 명이 행방불명된 사실을 알았다. 다들 전날 파도가 거칠게 몰아치던 일을 떠올리며 '아무래도 파도에 쓸려간 것 같아.'라고 생각했다. 불길했다. 그러나 어부들은 새벽부터 작업에 내몰렸기 때문에 그 일에 대해서는 서로 이야기할 수 없었다.

"이렇게 얼음장 같은 물속에 누가 좋아서 뛰어들겠나! 어딘가 숨어 있겠지. 찾아내면, 빌어먹을 놈, 뒈질 때까지 패버릴 테다!"

감독관은 곤봉을 장난감처럼 빙글빙글 돌리면서 배 안을 뒤지고 다녔다.

거칠던 바다는 한풀 꺾였다. 그래도 배가 나아가는 방향에서 솟아오른 파도를 뚫고 들어갈 때면 파도는 뱃머리 쪽 갑판을 제 집 들어오듯 아무런 방해 없이 타고 넘어왔다. 만 하루 동안의 투쟁으로 온몸에 깊은 상처를 입은 듯 배는 어딘가에서 삐거덕거리는 소리를 내며 나아갔다. 엷은 연기 같은 구름이 손을 뻗으면 닿을 듯한 높이에서 돛대에 부딪혀서 급하게 각도를 꺾으며 흘러갔다. 으스스 차가운 비가 아직도 내리고 있었다. 사방에서 거친 파도가 일어나면 바다에 꽂히는 빗발이 뚜렷하게 보였다. 그것은 원시림 속에서 길을 잃고 헤매다 비를 만나는 것보다 훨씬 더 불길했다.

삼으로 꼰 밧줄이 쇠 파이프라도 잡은 것처럼 뻣뻣하게 얼어 있었다. 학생 출신의 어부가 미끄러운 바닥에 신경 쓰면서 그 밧줄을 잡고 갑판을 건너갔을 때 트랩 계단을 두 칸씩 뛰어오른 잔심부름꾼 소년과 마주쳤다.

"잠깐만요."

잔심부름꾼 소년이 바람이 들지 않는 구석 쪽으로 그를 끌고 갔다.

"재미있는 얘기가 있어요."

그러더니 이런 이야기를 들려주었다.

─오늘 새벽 두 시쯤이었다. 구명정이 있는 갑판까지 올라온 파도가 사이를 두고 철썩철썩, 쏴아 폭포처럼 흐르고 있었다. 한밤중의 어둠 속에서 이빨을 드러내는 파도가 가끔 창백하게 보였다. 거친 파도 때문에 모두 잠을 이루지 못하고 있었다. 그때였다.

무전수가 허둥지둥 선장실로 뛰어 들어왔다.

"선장님, 큰일 났습니다. S, O, S입니다."

"SOS? 어느 배야?"

"지치부秩父 호입니다. 우리 배와 나란히 가고 있었습니다."

"그건 다 낡아빠진 고물 배다!"

아사카와는 비옷을 입은 채 구석에 있는 의자에 가랑이를 크게 벌리고 앉아 있었다. 그러고는 경멸하듯 한쪽 발끝만을 까딱까딱하면서 웃었다.

"하긴, 어느 배나 다 고물이지."

"잠시도 지체할 수 없는 모양입니다."

"음, 그거 큰일이군."

선장은 서둘러서 조타실로 올라가기 위해 옷도 제대로 걸치지 않고 문을 열려고 했다. 그러나 아직 문을 열기 전이었다. 아사카와가 느닷없이 선장의 오른쪽 어깨를 잡았다.

"쓸데없이 변칙을 쓰라고 누가 명령했지?"

누가 명령했냐고? '선장'이 아니고 누구겠는가. 하지만 순간 선장은 말뚝처럼 우뚝 서서 멀뚱거렸다. 그러나 바로 자신의 위치를 자각하고 툭 내뱉었다.

"선장으로서다."

"선장으로서다!?"

선장의 앞을 가로막아선 감독관은 말꼬리를 올리며 상대를 모욕하는 듯한 말투로 윽박질렀다.

"이봐, 도대체 이게 누구 배지? 회사가 돈을 내고 빌린 배잖아?

명령을 내릴 수 있는 건 회사 대표인 스다須田 님과 나야. 당신이 선장이랍시고 잘난 척하는데, 그 따위는 똥간 휴지만도 못해. 그런 일에 관여했다간 일주일이나 헛되게 보낼 수도 있어. 하루라도 늦기만 해봐! 게다가 지치부 호는 엄청난 금액의 보험에 들어 있어. 고물 배야, 침몰하는 것이 오히려 이득이라고."

잔심부름꾼 소년은 당장이라도 큰 싸움이 일어날 것 같아 겁이 났다. 그냥 이대로 끝날 일이 아니었다. 그러나 선장은 목구멍이 솜에 막히기라도 한 듯 그냥 우두커니 서 있을 뿐이었다.

잔심부름꾼 소년은 이런 경우의 선장을 지금껏 한 번도 본 적이 없었다. 선장의 말이 통하지 않는다? 바보 같은 놈, 어떻게 그런 일이 있을 수 있겠어? 그러나 그런 일이 일어나고 있었다. 잔심부름꾼 소년은 도무지 이해할 수 없었다.

"그 따위로 인정이니 체면이니 얽매이면서 어떻게 국가와 국가 간의 결전에 임하겠다는 건가?"

감독관은 입술을 잔뜩 일그러뜨리며 침을 뱉었다.

무전실에서는 수신기가 이따금 작고 푸르께한 스파크를 튀기며 자꾸만 울고 있었다. 어쨌든 경과를 알아보기 위해 다들 무전실로 갔다.

"이렇게 계속 무전이 오고 있습니다. 점점 다급해지고 있습니다."

무전수는 자신의 어깨 너머로 내려다보는 선장과 감독관에게 설명했다. 모두가 무전기의 각종 스위치와 버튼 위를 일사불란하게 움직이는 무전수의 손가락을 뚫어져라 눈으로 쫓으면서 저도 모르게 어깨와 목에 힘이 들어갔다.

배가 흔들릴 때마다 종기처럼 벽에 붙어 있는 전등이 깜빡거렸다. 배 옆구리를 사정없이 때리는 파도 소리와 끊임없이 울어대는 불길한 경적 소리가 바람을 따라 멀어졌다가 금세 머리 위로 다가오는 것이 철문 너머로 들렸다.

수신기에서 나는 소리가 지지직, 지지직, 길게 꼬리를 끌다가 스파크가 튀었다. 그리고 그 순간 소리가 뚝 멈췄다. 모두의 가슴이 철렁 내려앉았다. 당황한 무전수는 스위치를 켜고 정신없이 기계를 조작했다. 그러나 그뿐이었다. 더 이상 무전은 들어오지 않았다.

무전수는 몸을 틀어서 회전의자를 빙그르르 돌렸다.

"침몰했습니다……."

머리에서 수신기를 벗으며 낮은 목소리로 말했다.

"승조원 425명이 최후를 맞았습니다. 구조 가능성은 없습니다. SOS, SOS, 이렇게 두세 번 이어지다 끊겼습니다."

선장은 그 말을 듣고 목과 옷깃 사이에 손을 넣고 답답한지 머리를 흔들며 목을 뺐다. 그러고는 무의미하고 불안한 시선으로 주위를 둘러보고 나서 문 쪽으로 몸을 돌리더니 넥타이 매듭 근처를 손으로 가만히 눌렀다.

그런 선장을 차마 볼 수가 없었다.

학생 출신의 어부는 "음, 그랬구나!" 하고 말했다. 그 이야기에 끌려 들어가 있었다. 그러나 우울한 기분이 들어 바다로 눈을 돌렸다. 바다는 여전히 큰 파도에 파도가 잇달아 치고 있었다. 수평선을 바라보는 동안 바다는 발밑에 있는가 싶더니 이삼 분도 지나지 않아 골짜기 사이로 좁은 하늘을 올려다보듯 아래로 끌려 내려가 버린다.

"정말로 침몰했을까."

혼잣말이 나왔다. 걱정이 되어서 견딜 수가 없었다. 그들과 마찬가지로 고물 배에 타고 있는 자기들이 걱정되었던 것이다.

게 가공선은 모두가 고물 배였다. 노동자가 북오오츠크의 바다

에서 죽는 일 따위는 마루노우치丸の内 빌딩 안에 틀어박혀 있는 중역에게는 어찌 되든 상관없는 일이었다.

자본주의가 늘 정해진 곳에서만 이윤을 내면 머지않아 막다른 지경에 몰리게 된다. 그렇기 때문에 금리가 내려가서 돈이 남아 돌게 되면 말 그대로 무슨 일이든 하려고 하고, 아무리 곤란한 상황에서도 필사적으로 혈로를 찾아낸다. 게다가 배 한 척에 수십만 엔이 쉽게 들어오는 게 가공선, 그들이 미친 듯이 매달리는 것도 무리가 아니다.

게 가공선은 '공장선'이지 '선박'이 아니다. 따라서 항해법이 적용되지 않는다. 20년 동안이나 목숨만 부지해가며 운행한 터라 침몰시킬 수밖에 없는, 비틀거리는 '매독환자' 같은 배가 부끄러운 줄도 모르고 겉에만 진한 화장을 한 채 하코다테로 흘러들어왔다. 러일전쟁 때 '명예로운' 부상을 당하고 생선 내장처럼 방치되었던 병원선이나 운송선이 유령보다 존재감 없는 모습을 드러냈다. 증기가 조금만 세져도 파이프가 터져서 김을 뿜어냈다. 러시아 감시선에 쫓겨 속력을 낼라치면, (그런 일이 자주 있었다.) 배 곳곳에서 우지끈 소리가 나며 당장이라도 선체가 산산이 해체될 것만 같았다. 배는 마치 중풍환자처럼 심하게 몸을 떨었다.

그러나 그래도 아무 상관이 없었다. 왜냐하면 지금은 일본제국을 위해 어떤 일이든 해야 하는 시절이었기 때문이다. 게다가 게가공선은 온전한 '공장'이었다. 그러나 공장법의 적용도 받지 않는다. 이런 이유로 이보다 안성맞춤인, 자기들 마음대로 할 수 있는 곳은 달리 없었다.

약아빠진 중역은 이 일을 '일본제국을 위해서'라는 말과 결부시켰다. 그리고 남몰래 거짓말 같은 돈이 중역의 주머니로 들어갔다. 그러나 그는 그것을 좀 더 확실하게 해두기 위해 '국회의원'에 출마하는 것을 자동차로 드라이브하면서 생각하고 있었다. 그리고 그가 그런 생각을 하고 있는 바로 그 순간 지치부 호의 어부들은 수천 마일이나 떨어진 북쪽의 어두운 바다에서 깨진 유리조각처럼 날카로운 파도와 바람에 맞서 사투를 벌이고 있었다.

……학생 출신의 어부는 '똥통' 쪽으로 트랩을 내려가면서 생각했다.

'남의 일이 아니야.'

'똥통' 사다리를 내려가자 정면 벽에 풀 대신 밥풀로 붙여서 울퉁불퉁한 오자투성이의 종이가 붙어 있었다. 그 종이에는 이런 내용이 쓰여 있었다.

잡역부, 미야구치宮口를 발견하는 자에게는 담배 두 갑, 수건 한 장을 상으로 내린다.

아시카와 감독관

3

이슬비가 며칠째 멈출 줄을 몰랐다. 그 탓에 뿌예진 캄차카 해안선이 칠성장어처럼 기다랗게 보였다.

핫코 호는 해안에서 4해리 부근에 닻을 내렸다. 3해리까지 러시아 영해여서 그 안으로 들어가는 것은 '불법'이었다.

그물 손질이 끝나 언제든 게를 잡을 수 있는 준비가 되었다. 캄차카의 새벽은 2시 무렵부터라 어부들은 작업복을 갖춰 입고 넓적다리까지 오는 고무장화를 신은 채 얇은 나무 상자 속에 들어가 쓰러져 자고 있었다.

중개인에게 속아서 끌려온 도쿄의 학생 출신 어부는 이렇게 될

줄 몰랐다며 중얼거렸다.

"혼자서 잔다더니 말만 그럴싸하군!"

"그러게 말이야. 혼자서 잔다는 게 이렇게 상자 속에서 옷까지 다 입고 쓰러져 자는 거라니."

그와 같은 학생 출신은 모두 열일고여덟 명쯤 되었다. 60엔을 가불하기로 하고, 기찻삯, 숙박비, 담요, 이불, 거기에 중개료까지 제하고 나니 배에 왔을 때는 결국 한 사람당 7, 8엔의 빚(!)을 지게 되었다. 그 사실을 처음 알았을 때 그들은 돈인 줄 알고 쥐고 있던 것이 썩은 낙엽이었다는 것에 당황했다. 처음에 그들은 빨간 도깨비, 파란 도깨비에 둘러싸인 망자처럼 어부들 속에 한 덩어리로 뭉쳐 있었다.

하코다테를 출발하고 나흘째 되는 날부터 매일 찰기라곤 눈을 씻고 찾아봐도 없는 흐슬부슬한 밥과 늘 똑같은 국 때문에 학생들은 모두 몸 상태가 좋지 않았다. 침상에 들어가 무릎을 세우고 손가락으로 서로 정강이를 눌러보았다. 그렇게 몇 번이나 되풀이하면서 그때마다 들어갔다느니 안 들어갔다느니 하며 그들의 기분은 순간순간 밝아지기도 하고 어두워지기도 했다. 정강이를 쓰다듬어보면 약한 전기에 감전된 것처럼 저리다는 사람이 두세 명 나왔다.

선반 가장자리에서 양발을 늘어뜨리고 손날로 무릎을 쳐서 발이 튀어 오르는지 어떤지도 시험했다. 게다가 더 안 좋은 것은 '배변'을 네댓새나 못했다는 것이다. 한 학생이 의사에게 변비약을 받으러 갔다가 흥분으로 얼굴이 새파래져서 돌아왔다.

"그런 사치스러운 약 따위는 없다는 거야."

"그랬을 거다. 선의船醫란 자들이 다 그래."

옆에서 듣고 있던 어부가 말했다. 이 일을 오래한 듯 보였다.

"의사들은 어디나 마찬가지야. 내가 있던 회사의 의사도 그랬고."

탄광 출신의 어부였다.

모두가 뒹굴거리며 누워 있을 때 감독관이 들어왔다.

"다들 잠 든 거야? 잠깐 주목. 지치부 호가 침몰했다는 무전이 들어왔다. 생사 여부는 잘 모른다고 한다."

감독관은 입술을 일그러뜨리며 침을 퉤 뱉었다. 그의 버릇이었다.

학생은 잔심부름꾼 소년에게 들은 이야기가 떠올랐다. 자신의 손으로 죽인 노동자 사오백 명의 목숨을 저렇게 태연한 얼굴로 말하다니, 바다에 처넣어도 성에 차지 않을 놈이라고 생각했다. 모두가 부스스 고개를 들었다. 갑자기 웅성웅성 서로 이야기하기 시작했다. 아사카와는 그 말만 하고 왼쪽 어깨만 앞으로 흔들며 나갔다.

행방이 묘연했던 잡역부는 이틀 전에 보일러 옆에서 나오는 것을 붙잡았다. 이틀 동안 숨어 있었지만 배가 너무 고파서 어쩔 수 없이 나온 것이었다. 그를 붙잡은 사람은 중년을 넘긴 어부였다. 젊은 어부는 그 어부를 때려죽인다며 화를 냈다.

"시끄러운 놈이군. 담배도 안 피우는 놈이 담배 맛을 알겠어?"

담배 두 갑을 상으로 받은 어부는 맛있다는 듯 담배를 피웠다.

감독관은 잡역부에게 달랑 셔츠 한 장만 입혀서 두 곳 중 한쪽 변소에 가두고 밖에서 자물쇠를 걸어버렸다. 처음에는 다들 변소에 가는 것을 꺼려했다. 옆에서 울부짖는 소리를 도저히 듣고 있을 수 없었던 것이다.

이틀째가 되자 잡역부의 목소리가 쉬어서 그르렁그르렁했다. 그리고 그의 울부짖음은 띄엄띄엄 들려오게 되었다. 그날 저녁 무렵 작업을 마친 어부가 걱정이 되어서 곧장 변소로 가보았지만, 문 안쪽에서는 이제 두들기는 소리조차 들리지 않았다. 이쪽에서 신호를 보내도 아무런 반응이 없었다.

그날 늦게 팬티에 한쪽 손을 올리고 변소 휴지통에 머리를 처박은 채 엎드려 쓰러져 있던 미야구치가 끌려나왔다. 입술 색이 파란 잉크를 칠한 것처럼 죽어 있었다.

몹시 추운 아침이었다. 날은 밝았지만 아직 3시였다. 사람들은 추위에 곱은 손을 품속에 찔러 넣으면서 잔뜩 웅크린 채 일어나기 시작했다. 감독관은 잡역부와 어부, 하급 선원, 보일러공의 방을 일일이 돌아다니며 감기에 걸렸거나 병이 난 사람들을 가리지 않고 끌어냈다.

바람은 불지 않았지만 갑판에서 일하고 있으면 손과 발끝의 감각이 막대기처럼 없어졌다. 잡역부장이 큰 소리로 욕을 퍼부으며 열네댓 명의 잡역부들을 공장으로 밀어 넣고 있었다. 그가 들고 있는 대나무 끝에는 가죽이 붙어 있었다. 그것은 공장에서 게으름을 피우는 자들을 기계 너머로 반대편에서도 때릴 수 있게 만들어져 있었다.

"엊저녁에 끌어낸 미야구치를 아직 몸도 움직이지 못하는데 오늘 아침부터 어떻게든 일을 시켜야겠다며 아까 발로 막 걷어차더라고요."

학생과 친해진 허약해 보이는 잡역부가 잡역부장의 얼굴을 힐끔거리며 알려줬다.

"무슨 짓을 해도 움직이지 않으니까 결국 포기한 것 같지만요."

그때 감독관이 몸을 벌벌 떨고 있는 잡역부를 뒤에서 곤봉으로 쿡쿡 찌르며 밀고 왔다. 차가운 비를 맞으며 일하다가 감기에 걸린 그 잡역부는 결국 늑막염에 걸렸다.

날씨가 춥지 않을 때도 몸을 계속 부들부들 떨었다. 잡역부는 아이답지 않은 주름을 미간에 새기며 핏기 없는 엷은 입술을 묘하게 일그러뜨리고는 신경이 몹시 예민해진 듯한 눈빛을 하고 있었다. 그가 추위를 견디지 못하고 보일러실에서 어슬렁거리다 발각된 잡역부다.

출어를 위해 가와사키부네를 윈치에서 내리고 있던 어부들은 그 두 사람을 말없이 보고 있었다. 마흔쯤 되어 보이는 어부는 차마 볼 수 없다는 듯 얼굴을 돌리고 도리질하듯 머리를 천천히 두세 번 흔들었다.

"감기에 걸리고 도둑잠이나 자라고 비싼 돈 주고 데려온 게 아니다. 병신 같은 새끼, 쓸데없는 짓은 하지 말아야지!"

감독관이 갑판을 곤봉으로 두들겼다.

"감옥도 여기보단 나쁘지 않겠어."

"이런 얘기를 고향에 돌아가서 아무리 해봤자 누가 믿어주겠어?"

"그러게 말이야. 이런 일이 또 어디 있겠나?"

윈치가 연기를 내며 드르륵 돌기 시작했다. 가와사키부네는 허공에서 선체를 흔들며 일제히 내려왔다. 하급 선원과 보일러공들도 감독관의 성화에 미끄러지지 않으려고 발밑을 조심하면서 갑판을 이리저리 뛰어다녔다. 감독관은 그들 사이에서 볏을 세운 수탉처럼 주위를 두리번거렸다.

작업이 한 차례 마무리되자 학생 출신의 어부가 잠깐 바람을 피해 수하물 뒤에 앉아 있는데 탄광에서 온 어부가 입에 손을 모으고 입김을 후후 불면서 모퉁이를 불쑥 돌아왔다.

"목숨을 거는 일이야."

그 말에 실감이라도 하듯 학생의 마음 한구석이 찡하게 저렸다.

"역시 광산하고 하나도 다르지 않아. 죽을 각오를 하지 않으면 살아 있을 수가 없으니……. 가스도 무섭지만 파도도 무서워."

정오를 지나자 하늘의 모양이 조금씩 달라지기 시작했다. 옅은 해무가 사방을 뒤덮었다. 아니, 해무가 아니다 싶을 정도로 너무나 옅게 깔렸다. 파도는 보자기 한가운데를 잡아서 들어 올린 것처럼 무수하게 많은 삼각형으로 일어섰다. 바람이 갑자기 돛대를 울리며 지나갔다. 화물을 덮어놓은 돛천 자락이 탁탁 갑판을 때렸다.

"토끼가 난다, 아 토끼가!"

누군가가 큰 소리로 외치며 우현 갑판으로 뛰어갔다. 그 소리가 거센 바람에 묻혀버려서 아무 의미 없는 외침처럼 들렸다.

삼각형 파도의 꼭대기에서 날리는 하얀 물보라가 마치 수많은 토끼가 대평원을 날아오르는 것처럼 보였다. 그것이 캄차카에 '돌풍'이 오는 전조였다. 저층류의 흐름이 갑자기 빨라졌다. 배가 옆으로 밀리기 시작했다. 지금껏 우현에서 보이던 캄차카가 순식간에 좌현으로 와 있었다. 배에 남아서 일하던 어부와 선원 들은 당황했다.

머리 위에서 경적이 울었다. 다들 하던 일을 멈추고 하늘을 올려다보았다. 바로 아래라서 그런지 뒤쪽으로 비스듬하게 툭 튀어나온, 어마어마하게 굵은 목욕통 같은 굴뚝이 흔들리고 있었다. 그 굴뚝의 몸통에 달린 독일 모자처럼 생긴 호각에서 울리는 경적 소리가 사나워진 폭풍 속에서 왠지 비장하게 들렸다.

멀리 모선에서 떨어져 고기를 잡으러 나간 가와사키부네가 쉴 새 없이 울어대는 경적 소리에 의지해서 거친 바다를 뚫고 돌아오는 것이었다.

어둑어둑한 기관실 출구에서 어부와 선원 들이 한데 모여 떠들고 있었다. 배가 흔들릴 때마다 위에서 깜박깜박 희미한 빛줄기가 새어 들어왔다. 흥분한 어부들의 다양한 표정이 순간순간 나타났다가 사라졌다.

"어떻게 된 거야?"

광부가 그 사이로 밀고 들어왔다.

"아사카와 이 새끼, 때려죽이고 말겠어!"

살기마저 감돌았다.

사실 감독관은 오늘 아침 일찍 핫코 호에서 10해리쯤 떨어진 곳에 정박해 있는 ××호로부터 '돌풍' 경보를 들었다. 그 경보에는 가와사키부네가 혹시 나가 있으면 빨리 불러들이라는 정보도 있었다. 그때 감독관이 "이런 일에 일일이 겁을 먹었다가는 기껏 캄차카까지 와놓고도 일을 못한다."고 말했다는 사실이 무전수에게서 흘러나왔다.

그 말을 제일 처음에 들은 어부는 무전수가 아사카와라도 되는 양 화를 냈다.

"인간의 목숨을 도대체 뭐라고 생각하는 거야!"

"인간의 목숨?"

"그래."

"아사카와는 애당초 너희들을 인간이라고 생각하지 않았어."

뭐라고 말하려던 어부는 입을 다물어버렸다. 그의 얼굴은 분노로 벌게졌다. 그리고 사람들이 모여 있는 곳으로 뛰어 들어온 것이었다.

사람들은 어두운 표정으로, 그러나 싸워보지도 못하고 속에서 부글부글 끓어오르는 흥분을 드러내며 서 있었다. 아버지가 가와사키부네를 타고 나가 있는 잡역부가 어부들이 모여 있는 곳을 서성이며 주뼛거리고 있었다. 스테이stay(버팀줄. 배의 돛대를 앞쪽에서 받쳐주는 밧줄)가 끊임없이 울고 있었다. 머리 위에서 울리는 그 소리를 듣고 있으면 어부들의 마음은 갈가리 찢어졌다.

저녁이 가까워졌을 때 선교(배의 상갑판에 있는 선루나 갑판실 위로 한층 높게 위치한 구조물. 이곳은 선장이 지휘하는 장소로 항해선교라고도 하며 항해계기가 갖추어져 있다)에서 큰 함성이 일었다. 밑에 있던 사람들은 트랩을 두 계단씩 건너뛰며 올라왔다. 가와사키부네 두 척이 다가왔던 것이다. 두 척의 배는 서로 밧줄로 연결하고 있었다.

가와사키부네는 모선과 아주 가까운 지점까지 다가와 있었다. 그러나 큰 파도는 가와사키부네와 모선을 시소에 태운 것처럼 번갈아가며 올렸다 내렸다 했다. 그리고 그 사이에서 파도의 큰 너울이 잇달아 일어나며 배들을 가로로 흔들어댔다. 눈앞에 있었지만 좀처럼 가까워지지 않았다. 조바심이 났다. 모선 갑판에서 밧줄을 던졌다. 하지만 닿지 않았다. 밧줄은 쓸데없이 물보라를 일으키며 바다로 떨어졌다. 그리고 다시 물뱀처럼 끌어올려졌다. 그렇게 몇 번을 되풀이했다.

모선에서는 모두가 한 목소리로 소리쳤다. 그러나 대답은 없었다. 어부들의 표정은 가면을 뒤집어쓴 것처럼 뻣뻣하게 굳어서 움직이지 않았다. 눈도 무언가를 본 순간 그대로 못이 박힌 채 움직이지 않았다. 그 정경은 어부들의 가슴을 차마 눈 뜨고는 볼 수 없는 처참함으로 후벼 팠다.

밧줄이 다시 던져졌다. 처음에는 스프링처럼 던져진 밧줄이 장어처럼 늘어나는가 싶더니 그 끝이 밧줄을 잡으려고 양손을 들고 있는 어부의 목덜미를 냅다 후려쳤다. 모두가 "앗!" 하고 비명을 질렀다. 밧줄에 맞은 어부는 그대로 쓰러졌다. 그러나 밧줄은 잡았다. 밧줄은 팽팽하게 당겨지자 물방울을 떨어뜨리며 일직선으로 뻗었다. 모선에서 보고 있던 어부들은 저도 모르게 어깨에서 힘이 빠졌다.

스테이가 바람에 따라 끊임없이 높아졌다가 멀어지기를 되풀이하면서 울고 있었다. 저녁때가 되기 전에 가와사키부네는 두 척을 제외하고 모두 돌아올 수 있었다. 가와사키부네의 어부들은 모선의 갑판에 올라서자마자 모두 그대로 정신을 잃었다. 한 척은 침수되어 닻을 내리고 어부들이 다른 가와사키부네로 갈아타고 돌아왔다. 다른 한 척은 어부들과 함께 전혀 행방을 알 수 없었다.

감독관은 단단히 화가 나 있었다. 어부들의 선실로 몇 번이나 내려왔다가는 다시 올라갔다. 그럴 때마다 다들 태워 죽일 듯이 증오에 찬 시선을 말없이 보냈다.

다음 날 행방불명된 가와사키부네의 수색을 겸해서 게를 쫓아 모선이 이동하기로 했다. '인간 대여섯 마리야 아무것도 아니지만 가와사키부네는 아까웠기' 때문이었다.

기관실은 아침 일찍부터 정신없이 바빴다. 닻을 올릴 때의 진동이 닻 올리는 곳의 바로 위에 있는 어부들을 콩 볶듯이 튕겨 올렸다. 선체 옆구리의 철판은 낡아서 그때마다 부스스 떨어져 나갔다.

핫코 호는 닻을 내리고 어부들만 돌아온 제1호 가와사키부네를 찾기 위해 북위 51도 5분 지점까지 수색했다. 결빙 조각이 살아 있는 것처럼 천천히 흐르는 물결 사이에서 빼꼼빼꼼 몸뚱이를 드러내며 흘러갔다. 그런데 그 얼음 조각이 군데군데에서 큰 덩어리를 이루고 거품을 일으키면서 순식간에 배를 한가운데로 몰아넣고 둘러쌀 때가 있었다.

얼음은 김 같은 수증기를 뿜어냈다. 그리고 선풍기를 틀어놓은 듯 한기가 몰려왔다. 배 여기저기에서 갑자기 찌잉, 찌잉 소리가 나며 물에 젖어 있던 갑판과 난간이 얼어붙었다. 배의 몸체는 하얀 가루라도 뿌려놓은 듯 서리 결정으로 반짝반짝 빛났다. 선원과 어부 들은 양 볼을 감싸고 갑판을 이리저리 뛰어다녔다. 배는 뒤로 길게 광야의 외길 같은 흔적을 남기며 돌진했다.

가와사키부네는 쉽게 찾을 수 없었다.

그러다 9시가 다 되어서야 전방에 가와사키부네 한 척이 떠 있는 것을 선교에서 발견했다. 그 사실을 알고 감독관은 "이런 젠장, 겨우 찾았네. 빌어먹을." 하고 갑판을 뛰어다니며 기뻐했다. 바로 모터보트가 내려졌다. 그런데 그것은 찾고 있던 제1호 가와사키부네가 아니었다. 제1호보다 훨씬 새것인 제36호라고 번호가 새겨져 있었다. 분명히 ×××호의 것으로 보이는 쇠 부표가 매달려 있었다. 그러고 보니 ×××호가 어딘가로 이동할 때 원래 있던 위치를 표시해두기 위해 그렇게 놔두고 간 것이었다.

아사카와는 가와사키부네의 몸체를 손가락 끝으로 톡톡 두드렸다.

"이게 어쩌다 내 차지가 됐지?"

감독관은 씨익 웃었다.

"끌고 간다."

제36호 가와사키부네는 윈치로 핫코 호의 선교로 끌어올려졌다. 가와사키부네는 허공에서 몸을 흔들며 갑판으로 뚝뚝 물방울을 떨어뜨렸다. 감독관이 '한 건 올렸다.'는 듯 느긋한 태도로 낚여 올라가는 가와사키부네를 보면서 혼잣말로 중얼거렸다.

"귀한 거다, 귀한 거야!"

그물을 손질하면서 어부들이 그 모습을 보고 있었다.

"도둑놈 같으니라구! 체인이라도 끊어져서 저 새끼 머리 위에 떨어지면 좋겠군."

감독관은 작업 중인 그들 한 명 한 명을 거기에서 뭔가 찾아내려는 듯한 눈빛으로 내려다보면서 그들 곁을 지나갔다. 그리고 다급하게 거친 목소리로 목수를 불렀다.

그러자 다른 쪽 해치에서 목수가 얼굴을 내밀었다.

"무슨 일입니까?"

예상이 빗나간 감독관은 목수를 돌아보며 화난 목소리로 소리쳤다.

"무슨 일이냐고? 띨띨한 놈. 번호를 지워라. 대패, 대패."

목수는 영문을 모르겠다는 표정을 지었다.

"멍청한 놈, 따라와!"

어깨가 넓은 감독관의 뒤를 따라 톱자루를 허리에 끼우고 대패를 손에 든, 몸집이 작은 목수가 절름발이처럼 다리를 끌며 위태위태하게 갑판을 건너갔다. 그리고 그의 대패질에 제36호 가와사키부네의 '3' 자가 떨어져 나가고 제6호 가와사키부네가 되었다.

"이걸로 됐다, 이걸로 됐어. 하하하, 이것 좀 봐라!"

감독관은 입을 세모꼴로 일그러뜨리고 기지개를 켜듯 크게 웃었다.

더 이상 북쪽으로 가봤자 가와사키부네를 찾아낼 가능성은 없었다. 제36호 가와사키부네를 끌어올리느라 제자리걸음을 하고 있던 배는 원래 위치로 돌아가기 위해 완만하고 크게 커브를 돌기 시작했다. 맑게 갠 하늘은 씻어낸 듯 깨끗했다. 캄차카를 휘돌며 죽 이어져 있는 산봉우리가 그림엽서에서 보는 알프스의 산들처럼 선명하게 반짝이고 있었다.

행방불명된 가와사키부네는 돌아오지 않았다. 어부들은 물웅덩이처럼 거기만 텅 빈 선반에서 실종된 그들이 남기고 간 짐이며 가족이 있는 주소를 찾는 등 저마다 만일의 사태에 즉각 대처할 수 있도록 정리했다. 기분 좋은 일은 아니었다. 짐을 정리하면서 어부들은 마치 자신의 아픈 어딘가가 들여다뵈는 듯한 괴로움을 느꼈다.

보급선이 오면 맡기려고 아내 앞으로 보내는 소포와 편지가 그들의 짐 속에서 나왔다.

그중 한 사람의 짐에서 가타카나와 히라카나를 섞어서 연필을 핥아가며 쓴 편지가 나왔다. 그것이 무지렁이 어부들의 손에서 손으로 넘겨졌다. 그들은 콩알이라도 줍듯이 띄엄띄엄, 그러나 뭔가를 탐하듯 편지를 읽고는 기분 나쁜 것을 보고 말았다는 표정으로 고개를 흔들며 다음 사람에게 넘겨주었다. 아이에게서 온 편지였다.

한 사내가 콧물을 훌쩍이며 편지에서 고개를 들더니 낮고 메마른 목소리로 말했다.

"아사카와 때문이야. 죽은 게 확인되면 반드시 복수해주고 말겠어."

그는 홋카이도의 두메산골에서 이런저런 일을 했다는, 몸집이 큰 사내였다.

"그 새끼 한 놈쯤은 때려죽일 수 있을 거야."

어깨가 떡 벌어진 젊은 어부가 더 나직하게 말했다.

"아, 이 편지 못쓰겠네. 죄다 기억나 버렸어."

"그러게 말이야."

처음에 말했던 사내였다.

"명청하게 있다간 우리도 놈에게 당할 거야. 남 일이 아니라고."

그때 구석에서 무릎을 세우고 앉아 엄지손가락의 손톱을 씹으면서 눈을 치뜨고 다른 사람들의 말을 듣고 있던 사내가 그래, 그래 하고 고개를 끄덕이며 말했다.

"모든 일은 나한테 맡겨. 때가 되면 저 새끼를 죽여버릴 테니까."

모두들 입을 다물었다. 입을 다문 채, 그러나 안도했다.

핫코 호가 원래 위치로 돌아오고 나서 사흘째 되는 날 갑자기(!) 행방불명되었던 가와사키부네가 아주 멀쩡하게 돌아왔다.

그들은 선장실에서 '똥통'으로 돌아오자마자 순식간에 모든 사람들에게 소용돌이처럼 둘러싸였다.

그들은 거대한 폭풍우 때문에 잠시도 버티지 못하고 조종 능력을 잃었다. 그렇게 되고 나니 목덜미를 잡힌 아이처럼 정신이 하나도 없었다. 가장 멀리 나와 있었고, 게다가 바람은 정반대 방향으로 불고 있었다. 모두 죽음을 각오했다. 어부들은 언제라도 '편안하게' 죽을 각오를 하는 것에 '익숙해져' 있었다.

하지만 이런 일이 흔히 있는 일은 아니다. 다음 날 아침, 가와사키부네는 반쯤 물에 잠긴 채 캄차카 해안으로 떠밀려가 있었다. 그리고 전원이 근처 러시아인들에게 구조되었던 것이다.

그들을 구조한 러시아인 가족은 네 식구였다. 여자와 아이들이 있는 '집'이라는 것에 목말라 있던 그들에게 그곳은 뭐라 말할 수 없을 정도로 매력적인 곳이었다. 게다가 다들 친절해서 여러모로 살뜰하게 보살펴주었다. 하지만 처음엔 다들 알아들을 수 없는 말을 한다거나 머리와 눈 색깔이 다른 외국인이라는 것이 어찐지 불안했다.

그러나 이내 '뭐야, 우리랑 똑같은 인간이잖아?'라고 깨달았다.

난파되었다는 사실이 알려지자 마을 사람들이 잔뜩 몰려왔다. 그곳은 일본의 어장 등이 있는 곳과는 상당히 떨어져 있었다.

그들은 그곳에서 이틀간 머무르며 몸을 추스른 뒤 돌아온 것이었다.

"돌아오고 싶지 않았어."

누가 이런 지옥으로 돌아오고 싶겠는가! 하지만 그들의 이야기는 그것으로 끝나지 않았다. '재미있는 일'이 다른 데 숨어 있었다.

돌아오는 날이었다. 그들이 난롯가에서 돌아올 준비를 하며 이야기를 나누고 있을 때 러시아인 네다섯 명이 들어왔다. 그중엔 중국인도 한 명 섞여 있었다.

큼지막한 얼굴에 붉고 짧은 수염이 많이 난, 등이 조금 구부정한 남자가 갑자기 손짓을 하며 뭐라고 큰소리로 말하기 시작했다. 선임 어부가 자기들은 러시아어를 알아듣지 못한다는 사실을 알리기 위해 그의 눈앞에서 손을 흔들어 보였다. 러시아인이 한마디 하자 그의 입가를 보고 있던 중국인이 일본어로 말하기 시작했다. 그것은 듣는 사람의 머리가 오히려 엉망진창이 되어 버릴 것 같은, 어순이 뒤죽박죽인 일본어였다. 단어와 단어가 하나씩 따로 놀며 술주정뱅이처럼 비틀거렸다.

"당신들, 돈 분명 가지고 있지 않아."

"그렇다."

"당신들, 가난뱅이."

"그렇다."

"그러니까, 당신들, 프롤레타리아. ……알아?"

"응."

러시아인이 웃으면서 그 근처를 어슬렁거리다 가끔 멈춰 서서 그들 쪽을 보았다.

"부자, 당신들을 이렇게 한다. (목을 조르는 시늉을 한다.) 부자 점점 커진다. (배가 불룩해지는 시늉.) 당신들 뭘 해도 안 돼, 가난뱅이가 된다. ……알아? ……일본이라는 나라, 안 돼. 일하는 사람, 이거. (얼굴을 찡그리며 환자 흉내.) 일하지 않는 사람, 이거. 에헴, 에헴. (으스대며 걸어 보인다.)"

그의 말이며 행동이 젊은 어부에게는 재미있었다. "그래, 맞아!" 하고 맞장구치면서 웃기 시작했다.

"일하는 사람, 이거. 일하지 않는 사람, 이거. (앞에서 했던 동작을 반복한다.) 그런 거 안 돼. ……일하는 사람, 이거. (이번엔 반대로 가슴을 펴고 으스댄다.) 일하지 않는 사람, 이거. (늙은 거지 흉내.) 이거 좋다. ……알아? 러시아라는 나라, 이 나라. 일하는 사람만. 일하는 사람만, 이거. (으스댄다.) 러시아, 일하지 않는 사람 없다. 뺀들거리는 사람 없다. 남의 목을 조르는 사람 없다. ……알아? 러시아 조금도 무섭지 않은 나라. 모두, 모두 거짓말만 하고 다닌다."

그들은 막연하게 이것이 그 무서운 '적화赤化'라는 것이 아닐까 싶었다. 하지만 한편으로는 그것이 '적화'라면 적화가 되는 것이 너무나 '당연한' 일이라는 기분도 들었다. 그리고 무엇보다도 마음이 그쪽으로 점점 끌려갔다.

"알아, 정말, 알아!"

러시아인 두세 명이 왁자지껄 뭐라 떠들기 시작했다. 중국인은 그들의 말을 듣고 있었다. 그리고 다시 말더듬이처럼 일본 말을 하나, 하나 주워가면서 말했다.

"일하지 않고, 돈 버는 사람 있다. 프롤레타리아, 언제나, 이거. (목을 조르는 시늉.) ……이거, 안 돼! 프롤레타리아, 당신들, 한 명, 두 명, 세 명…… 백 명, 천 명, 오만 명, 십만 명, 모두, 모두, 이거. (아이들이 손을 이어 잡는 시늉을 한다.) 강해진다. 괜찮다. (팔을 두드린다.) 안 진다, 누구에게도. 알아?"

"응, 응!"

"일하지 않는 사람, 도망간다. (쏜살같이 도망가는 시늉.) 괜찮다, 정말. 일하는 사람, 프롤레타리아, 으스댄다. (당당히 걷는 모습을 해 보인다.) 프롤레타리아, 가장 위대하다. ……프롤레타리아 없다. 모두, 빵 없다. 모두 죽는다. ……알아?"

"응, 응!"

"일본, 아직, 아직 안 돼. 일하는 사람, 이거. (허리를 굽히고 웅크리는 시늉.) 일하지 않는 사람, 이거. (으스대며 상대를 때려눕히는 시늉.) 그거, 전부 안 돼! ……일하는 사람, 이거. (표정을 무섭게 하고 일어서서 덤벼드는 시늉. 상대를 때려눕히고 짓밟는 시늉.) 일하지 않는 사람, 이거. (도망가는 시늉.) ……일본, 일하는 사람만, 좋은 나라. ……프롤레타리아의 나라! ……알아?"

"응, 응, 안다!"

러시아인이 괴성을 지르며 춤을 출 때처럼 발을 굴렀다.

"일본, 일하는 사람, 한다. (일어서서 칼을 들이대는 시늉.) 기쁘다. 러시아, 모두 기쁘다. 만세. ……당신들, 배로 돌아간다. 당신들의 배, 일하지 않는 사람, 이거. (으스댄다.) 당신들, 프롤레타리아, 이거, 한다! (권투하는 흉내. 그리고 나서 손에 손을 잡고 다시 덤벼드는 시늉.) ……괜찮다, 이긴다! ……알아?"

"알아!"

어느새 흥분한 젊은 어부가 느닷없이 중국인의 손을 잡았다.

"할 거야, 반드시 할 거야!"

선임 어부는 이것이 '적화'라고 생각했다. 너무나 무서운 일을 하라고 선동한다. 이렇게, 이런 식으로 러시아가 일본을 감쪽같이 속인다고 생각했다.

러시아인들은 이야기가 끝나자 뭐라고 함성을 지르며 그들의 손을 힘껏 잡았다. 그러고는 끌어안고 뻣뻣한 털이 난 뺨을 비벼대곤 했다. 당황한 일본인들은 목을 뒤로 빼며 어쩔 줄을 몰라 했다.

어부들은 '똥통' 입구를 힐끔거리며 그 이야기를 조금만 더, 조금만 더 해달라고 재촉했다. 그들은 자기들이 보고 온 러시아인에 대한 많은 이야기를 해주었다. 그 말들은 어느 하나 빼놓지 않고 마치 흡수지에 빨려드는 것처럼 모두의 마음속에 스며

들었다.

"이봐, 이제 그만해."

선임 어부는 다들 이상하게 진지한 표정으로 그 이야기에 빠져드는 모습을 보고 열심히 떠들고 있는 젊은 어부의 어깨를 쿡쿡 찔렀다.

4

연무가 깔렸다. 언제나 엄격하게 기계적으로 맞추어 움직이는 환기 파이프, 연통, 윈치의 가로대, 매달려 있는 가와사키부네, 갑판 난간 등이 뿌옇게 윤곽을 흐리며 지금까지 볼 수 없었던 친근한 모습을 보였다. 부드럽고 미지근한 공기가 뺨을 어루만지며 흘러갔다. 이런 밤은 드물었다.

'윗분'의 해치 근처에서 게의 머릿골 냄새가 진동하고 있었다. 양옆으로 그물이 산더미처럼 쌓여 있는 곳에 키가 다른 두 그림자가 서 있었다.

과로로 심장이 나빠져서 온몸이 푸르뎅뎅하게 부어 있는 어부는 두근거리는 심장 소리 때문에 잠을 이루지 못하고 갑판으로 올라왔다. 그는 난간에 기대 청각채라도 녹여놓은 것처럼 끈적끈적한 바다를 무심히 바라보고 있었다.

'이런 몸으로는 감독관한테 죽임을 당할 거야. 하지만 설령 그렇더라도 이 먼 캄차카에서, 게다가 땅도 밟아보지 못하고 죽는 것은 너무 쓸쓸해.'

그는 금방 생각에 잠겼다. 그때 그물과 그물 사이에 누군가 있는 것을 알아챘다.

게의 껍질조각을 이따금 밟는 듯한 소리가 났다.

목소리를 죽이고 속삭이는 소리가 들려왔다.

그의 눈이 어둠에 익숙해지자 그 정체가 무엇인지 알 수 있었다. 열네다섯 살짜리 잡역부에게 어부가 무언가 말하고 있는 것이었다. 무슨 말을 하고 있는지는 알 수 없었다. 뒷모습을 보이고 있는 잡역부는 이따금 싫다고 도리질치는 아이처럼 몸을 비틀듯이 방향을 틀었다. 어부도 그를 따라 몸을 틀었고, 그러는 모습이 잠시 이어졌다. 어부는 얼떨결에 (그렇게 보였다.) 목소리를 높였다. 그러나 바로 낮고 빠르게 뭔가 말했다. 그러더니 느닷없이 잡역부를 끌어안았다. 싸우는 것 같았다. 그리고 옷으로 입을 틀어막은 듯 끙끙거리는 숨소리만이 잠깐 동안 들렸다. 그러나 그대로 움직임이 없었다. 그 순간이었다. 부드러운 연무 속에서 잡역부의 두 다리가 양초처럼 드러났다. 하반신이 완전히 발가 벗겨져 있었다. 잡역부는 그대로 웅크리고 앉았다. 그리고 그 위로 어부가 두꺼비처럼 들러붙었다. 눈앞에서 그 짓거리만이 침을 꿀꺽 삼키는 아주 짧은 순간에 벌어졌다. 그 모습을 보고 있던 어부는 자기도 모르게 눈을 돌렸다. 술에 취한 듯한, 뭔가에 얻어 맞은 듯한 흥분을 느꼈다.

어부들은 시간이 흐를수록 점점 끓어오르는 성욕을 주체하지 못하고 괴로워하기 시작했다. 건강한 사내들이 네다섯 달이나 부자연스럽게 '여자'로부터 떨어져 있었다. 하코다테에서 샀던 여자 이야기나 여자의 음부에 대한 노골적인 이야기 따위가 밤이면 밤마다 어김없이 나왔다. 한 장의 춘화를 너덜너덜해져서 종이에 털이 설 정도로 몇 번이고 돌려가며 보았다.

이부자리를 펴세요,

여길 봐줘요,

입을 맞춰요,

다리를 감아요,

마음을 주세요,

정말로 창녀란 고된 직업.

누군가 노래를 했다. 그러자 스펀지가 물을 빨아들이듯이 모두가 그 노래를 단숨에 외워버렸다. 무슨 일을 하든 바로 그 노래를 부르기 시작했다. 그리고 노래를 부르고 나면 "에이, 씨팔!" 하고 마구 소리를 질렀다. 눈만 번뜩이면서.

어부들은 잠자리에 들면 이렇게 외치면서 데굴데굴 굴렀다.

"제기랄, 죽겠구면. 도무지 잘 수가 없어."

"안 되겠어, 물건이 서버렸어!"

"이걸 어떻게 하면 되냐고!"

결국 그렇게 소리치며 발기한 물건을 쥐고 알몸으로 일어났다. 덩치가 큰 어부의 그런 모습을 보면 몸이 긴장되며 어떤 처참한 기분마저 들었다. 깜짝 놀란 학생은 한쪽 구석에서 눈으로만 그 모습을 보고 있었다.

몽정을 하는 사람도 몇 명이나 있었다. 참지 못하고 아무도 없을 때 자위를 하는 사람도 있었다. 선반 구석에 처박혀 있는 더러운 잠방이와 훈도시褌(남성의 음부를 가리는 좁고 긴 천)는 축축하게 젖어서 쉰내를 풍기며 둥글게 말려 있었다. 학생은 그것을 길가에 싸질러놓은 똥처럼 밟은 적도 있었다.

그 무렵부터 그 짓거리를 하기 위해 잡역부를 몰래 찾아가는 일이 시작되었다. 어부들은 담배를 캐러멜로 바꿔서 주머니에 두세 개 넣고 해치를 나갔다.

변소 냄새가 나는 절인 채소 통이 쌓여 있는 곳간 문을 요리사가 열면 어둠 속에서 역겨운 냄새와 함께 느닷없이 따귀를 후려갈기는 듯한 호통이 날아왔다.

"문 닫아! 너 이 새끼, 지금 들어왔다간 죽여버린다!"

*　　　　　*　　　　　*

무전수가 다른 배의 교신 내용을 듣고 그 어획량을 일일이 감독관에게 보고했다. 보고에 의해 핫코 호의 어획량이 아무래도 다른 배보다는 부족하다는 사실을 알게 되었다.

감독관은 초조해지기 시작했다. 그의 초조함은 곧장 갑판 위로 향했다. 어부와 잡역부의 노동 강도가 전보다 몇 배나 강해진 것이다. 언제나 그리고 무슨 일이든 막판에 책임을 지는 것은 '그들'밖에 없었다.

감독관과 잡역부장은 일부러 '선원'과 '어부, 잡역부' 사이에 경쟁 구도를 만들어놓았다.

똑같이 게를 잡으면서 '선원들에게 지면' (자기들이 돈을 버는 것도 아닌데) 어부와 잡역부 들은 똥이라도 씹은 것 같은 더러운 기분에 휩싸였다. 감독관은 '손뼉을 치며' 기뻐했다. 오늘 이겼다, 오늘 졌다, 이번에야말로 절대로 안 진다고 피가 마르는 날이 끊임없이 이어졌다.

하루가 저물기도 전에 그때까지 잡은 것보다 5, 60퍼센트나 더 잡았다. 그러나 그런 날이 대엿새 이어지다 보면 양쪽 모두 맥이 빠진 듯 작업 능률이 부쩍 떨어졌다. 작업을 하면서 이따금 고개가 앞으로 푹 꺾였다. 감독관은 다짜고짜 두들겨 팼다. 기습적인 구타에 그들은 자기도 모르게 "꽥!" 비명을 질렀다. 다들 서로를 경쟁상대로 여기는지 말을 잃은 사람처럼 서로에게 아무 말도 하지 않고 일만 했다. 잡담을 할 만한 사치스러운 '여유'조차 남아 있지 않았다.

그런데 감독관은 이번엔 이긴 조에게 '상품'을 주기 시작했다.

연기만 나던 나무에 다시 불이 붙었다.

"어리석은 종자들이야."

감독관은 선장실에서 선장을 상대로 맥주를 마시고 있었다.

선장은 살찐 여자처럼 손등에 보조개가 패여 있었다. 그는 익숙한 손놀림으로 담배를 테이블에 톡톡 두드리며 뜻 모를 웃음으로 대답했다. 선장은 감독관이 늘 자기 눈앞에서 알짱거리며 훼방꾼같이 굴어서 몹시 불쾌했다. 어부들이 확 들고일어나서 이 새끼를 캄차카 바닷속에 처박아주면 좋겠다고 생각했다.

감독관은 '상품' 말고도 반대로 작업량이 가장 적은 사람한테는 '벌칙'을 내리겠다는 벽보를 붙였다. 쇠몽둥이를 벌겋게 달궈서 몸을 지지겠다는 것이었다. 그들은 아무리 도망치려 해도 도망칠 수 없는, 마치 자신의 그림자같이 따라다니는 '벌칙'에 늘 쫓기며 작업을 했다. 작업량은 할당치가 점점 올라갔다.

인간의 몸은 그 한계치가 어디까지일까. 그러나 그것은 당사자보다 감독관이 더 잘 알고 있었다. ……작업이 끝나면 다들 파김치가 되어 선반 안에 쓰러져서 끙끙 앓는 소리를 냈다.

학생 중 한 명은 어렸을 때 할머니를 따라서 갔던 절의 어두컴컴한 법당 안에서 본 적이 있는 '지옥도'를 떠올리며 지금 여기가 딱 그렇구나 하고 생각했다. 그 지옥도는 어렸을 때의 그에게 이무기 같은 동물이 늪지대를 꿈틀꿈틀 기어가는 것처럼 보였다. 그것과 똑같았다.

과로가 오히려 사람들을 쉽게 잠들지 못하게 했다. 한밤중이 지나서야 갑자기 유리 표면을 벅벅 긁는 것처럼 섬뜩하게 이를 가는 소리가 나는가 하면 잠꼬대와 가위에 눌린 듯한 신음소리가 어두컴컴한 '똥통'의 여기저기에서 들렸다.

그들은 잠을 이루지 못하고 있을 때 문득 "용케도 아직 살아 있구나……." 하고 자기 몸에 대고 속삭이곤 했다. 용케도 아직 살아 있구나…… 그렇게 자기 몸에!

학생 출신의 어부가 제일 힘들어했다.

"도스토예프스키의 죽음의 집(도스토예프스키의《죽음의 집의 기록》. 도스토예프스키가 시베리아에서 체험한 옥중 생활을 토대로 제정 러시아의 감옥과 죄수들의 다양한 스타일을 현실적으로 그려내며 사상적인 전기를 이룬 작품)도 여기보단 훨씬 낫겠어."

그 학생은 똥을 며칠 동안 누지 못해서 수건으로 머리를 힘껏 묶어놓지 않으면 잠을 이룰 수 없었다.

"그것도 그러네."

학생의 말상대는 하코다테에서 가지고 온 위스키를 약이라도 먹듯이 혀끝으로 할짝대고 있었다.

"어쨌든 큰 사업이니까. 사람의 발길이 닿지 않는 곳에서 재원財源을 개발하는 것이니 힘들 수밖에. 이 게 가공선도 지금은 그나마 많이 나아진 거라더군. 날씨나 조류의 변화를 관측할 수 없거나 지리를 실제로 숙지하지 못했던 창업 초기에는 배가 몇 척이나 침몰했는지도 몰랐다는 거야. 러시아 배한테 침몰당하거나 포로가 되고 죽임을 당해도 굴하지 않고 일어서고 또 일어서며 고군분투해온 덕분에 이렇게 큰 재원이 우리 손에 들어온 거지. ……뭐, 어쩔 수 없잖아."

"……."

역사가 언제나 기록되고 있듯이 그것은 그럴지도 모른다는 기분이 들었다. 그러나 그의 마음 깊숙한 곳에 응어리져 있는 개운치 않은 감정 때문에 기분은 전혀 나아지지 않았다. 그는 말없이 베니어판처럼 딱딱해져 있는 자신의 배를 쓰다듬었다. 약한 전기에 감전된 것처럼 엄지손가락 근처가 찌릿찌릿 저렸다. 불쾌한 기분이 들었다. 엄지손가락을 눈높이로 들어 올리고 한 손으로 쓰다듬어보았다.

저녁식사가 끝나자 다들 '똥통'의 한가운데에 놓여 있는, 지도처럼 금이 가서 덜컹거리는 난로 주변으로 모여들었다. 저마다 몸이 조금 따뜻해지자 김이 피어올랐다. 게 비린내가 훅 코를 찔렀다.

"뭔지 이유는 모르겠지만 죽고 싶진 않아."

"그러게 말이야."

우울한 기분이 눈사태처럼 밀려왔다. 거의 죽을 뻔했다. 다들 확실한 대상도 없이 화가 나 있었다.

"우, 우리 것도 되지 않는데, 제, 제기랄, 주, 죽을 수 없어."

말더듬이 어부가 스스로도 답답한지 얼굴이 벌게져서 갑자기 큰 소리로 말했다.

사람들은 잠시 침묵했다. 갑자기 무언가가 가슴속에서 치밀어 오르는 것을 느꼈다.

"캄차카에서는 죽고 싶지 않아……."

"……."

"보급선이 하코다테를 출발했대. 무전수한테 들었어."

"돌아가고 싶어."

"돌아갈 수 있겠어?"

"보급선으로 종종 도망가는 놈이 있대."

"그래!? ……부럽다."

"어로에 나가는 척 캄차카 내륙으로 도망가서 러시아인과 함께 적화 선전을 하고 다니는 놈도 있다더군."

"……."

"일본 제국을 위해서라나, 참 좋은 명분을 생각해냈지."

학생은 단추를 풀어 계단처럼 하나하나 움푹 팬 가슴을 내놓고 하품을 하면서 북북 긁었다. 말라붙은 때가 얇은 돌비늘처럼 벗겨졌다.

"맞아. 회, 회사의 부자들만 포, 폭리를 취하는 주제에."

굴 껍데기처럼 층이 지고 처진 눈꺼풀 너머로 힘없고 흐릿한 시선을 난로 위로 멍하니 던지고 있던 중년을 넘긴 어부가 침을 뱉었다. 난로 위에 떨어진 침은 동그랗게 말려서 칙칙거리며 콩처럼 튀어 올랐다. 그리고 순식간에 작아져서 그을음만 한 작은 찌끼를 남기고 사라졌다.

"그거 정말일지도 모르겠군."

그러나 그때 선임 어부가 고무바닥 버선을 뒤집어서 난로에 말리면서 말했다.

"어이, 이봐, 반역 같은 건 꿈도 꾸지 마."

"……."

"내 맘이다. 씨팔."

고무가 타는 역겨운 냄새가 났다.

"어이, 아저씨, 고무!"

"응? 아뿔싸, 타고 말았네!"

파도가 치는지 배 옆구리에서 희미하게 소리가 나고 있었다. 배도 요람처럼 흔들리고 있었다. 썩은 꽈리 같은 오 촉짜리 전등은 난로를 둘러싼 사람들의 뒤쪽으로 떨어지는 그림자를 얼기설기 얽어놓았다. 조용한 밤이었다. 난로 아가리에서 벌겋게 타고 있는 불꽃이 무릎 아래를 밝히고 있었다. 불행했던 자신의 일생이, 불현듯, 정말로 불현듯, 게다가 단 한순간 짧게 스치고 사라지는 이상하고 조용한 밤이었다.

"담배 없어?"

"없어……."

"없어?"

"없었어."

"제기랄."

"어이, 이쪽에도 위스키 좀 줘."

상대는 네모난 병을 거꾸로 들고 흔들어 보였다.

"아이구, 아까워라."

"하하하하."

"정말 당치도 않은 곳이야, 여긴. 그런데 나도 이런 곳엘 오고 말았어."

그 어부는 시바우라芝浦의 공장에서 일한 적이 있었다. 그때부터 그곳 이야기가 나왔다. 그곳은 홋카이도의 노동자들에겐 '공장'이라고 생각도 할 수 없을 만큼 '훌륭한 곳'으로 보였다.

그는 이렇게 말했다.

"이곳의 백 분의 일만큼만 일을 시켜도 거기에선 파업이야."

그 말을 계기로 서로 지금까지 해왔던 다양한 일들을 뜨문뜨문 이야기하기 시작했다. '국도개척공사' '관개공사' '철도부설' '축항매립' '탄광 발굴' '개간' '목재 적취' '청어 잡이'……누구나 대략 이 가운데 한 가지 일은 해봤다.

내지에서는 노동자가 '평등해져서' 무리하게 일을 시킬 수 없게 되었고, 시장도 대부분 개척이 마무리되어버리자 자본가들은 '홋카이도와 사할린으로' 갈고리 같은 손톱을 뻗었다. 그곳에서 그들은 조선이나 대만 같은 식민지와 똑같이 자기들 마음이 내키는 대로 노동자들을 혹사시킬 수 있었다. 그러나 누구도 그에 대해서는 아무 말도 할 수 없다는 사실을 자본가들은 확실히 이해하고 있었다.

'국도개척'이나 '철도부설'과 같은 토목공사장에서는 이를 잡아 죽이듯 아무렇지도 않게 인부들을 때려죽였다. 혹사를 견디지 못하고 도망치다 붙잡히면 말뚝에 묶어놓고 말 뒷발에 걸어 차이게 하거나 뒷마당 도사견에 물려죽게 했다. 더구나 그 참혹한 짓을 모두가 볼 수 있도록 사람들의 눈앞에서 저질렀다. 갈비뼈가 가슴속에서 뚝 하고 안쪽으로 부러지는 소리가 나자 '인간이 아닌' 인부들 중엔 자기도 모르게 고개를 돌리는 사람도 있었다. 기절하면 물을 뿌려서 다시 정신이 돌아오게 했다. 그런 짓을 몇 번이나 되풀이했다. 막판에는 보자기 꾸러미처럼 도사견에 물려 이리저리 휘둘리다 죽었다. 축 늘어진 시체는 광장 구석에 내팽개쳐지고, 그렇게 버려진 이후에도 몸 어딘가가 꿈틀꿈틀 움직였다. 달궈진 부젓가락으로 느닷없이 엉덩이를 지지거나 육각봉으로 서 있지 못할 정도로 두들겨 패는 일은 매일 반복되었다. 밥을 먹고 있으면 갑자기 뒤쪽에서 날카로운 비명소리가 들리며 사람의 살이 타는 누린내가 흘러왔다.

"그만, 그만 좀 하란 말이야. 도저히 밥을 먹을 수가 없잖아."

젓가락을 던진다. 그러나 서로 우울한 얼굴만 쳐다볼 뿐이다.

각기병에 걸려 몇 명이나 죽었다. 무리하게 일을 시키기 때문이었다. 죽은 뒤에도 '여유가 없어서' 시체는 며칠 동안 그대로 방치되었다. 뒷마당으로 나가는 어두컴컴한 곳에 아무렇게나 덮어놓은 멍석 자락으로 어린아이처럼 묘하게 작아진, 거무스름하고 윤기가 없는 양발이 보였다.

"얼굴에 온통 파리가 들끓고 있더라니까. 그 옆을 지나가는데 한꺼번에 확 날아오르더군."

손으로 이마를 툭툭 치면서 들어오자 그렇게 말하는 사람이 있었다.

사람들은 해가 뜨기 전부터 일터로 내몰렸다. 그리고 곡괭이 끝이 희끗희끗 달빛을 받아 푸르스름하게 빛나고 주위가 보이지 않을 때까지 일했다. 근처 감옥에서 일하는 죄수들이 오히려 부러울 지경이었다. 특히 조선인은 십장들은 물론 같은 동료 인부들(일본인)로부터도 '짓밟히는' 대우를 받았다.

그곳에서 4, 50리나 떨어진 마을에 주재하는 순사는 먼 거리에도 불구하고 가끔 수첩을 들고 순찰하러 터벅터벅 찾아와서 저녁때까지 있거나 하룻밤 묵곤 했다. 그러나 인부들한테는 한 번도 얼굴을 내밀지 않았다. 그리고 돌아갈 때면 시뻘건 얼굴로 길 한가운데에서 소방 훈련이라도 하듯 사방으로 오줌을 휘갈기면서 알 수 없는 혼잣말을 중얼거리며 걸어갔다.

홋카이도에서는 말 그대로 어떤 철도의 침목도 그 하나하나가 그대로 노동자의 푸르뎅뎅한 '시체'였다. 항구를 축조하는 매립 공사장에서는 각기병에 걸린 인부가 '인간 말뚝'처럼 산 채로 묻혔다.

홋카이도의 그런 노동자를 '문어'라고 부른다. 문어는 자기가 살아가기 위해 자신의 다리를 먹어버린다. 노동자의 처지와 정말로 똑같지 않은가. 그곳에선 누구라도 거리낌 없이 '원시적인' 착취를 할 수 있었다. '돈'을 벌고자 하는 욕심에 모든 것이 남김없이 파헤쳐졌다. 더구나 그 일을 교묘하게 '국가적' 재원 개발이라는 것과 결부시켜서 감쪽같이 합리화했다. 빈틈이 없었다. '국가'를 위해 노동자는 배를 곯고 맞아죽었다.

"거기서 살아 돌아온 건 하늘이 도왔기 때문이야. 감사할 따름이지. 그런데 이 배에서 죽으면 똑같잖아. 어떻게 이럴 수가!"

그러고는 느닷없이 큰 소리로 웃었다. 그 어부는 한바탕 크게 웃고 나서, 그러나 눈가에 어두운 기색을 역력히 나타내며 고개를 돌렸다.

광산에서도 마찬가지였다.

산에 새로 갱도를 판다. 그곳에서 어떤 가스가 나올지, 어떤 터무니없는 변화가 일어날지, 그것을 조사한 뒤 확실한 방침을 세우기 위해 자본가는 '모르모트'보다 싼값에 살 수 있는 '노동자'를, 육군 대장 노기乃木(노기 마레스케乃木希典, 수많은 군인들을 희생시키며 러일 전쟁을 승리로 이끈 육군 대장. 일본에선 군신으로 추앙받는다)가 했던 것과 같은 방법으로 연달아 교체해가며 쉽게 쓰고 버렸다. 코 푸는 휴지만도 못하게! '참치 회' 같은 노동자들의 살 조각이 갱도 벽을 겹겹이 뒤덮어 튼튼하게 만들어갔다. 도시에서 떨어져 있는 것을 빌미로 그곳에서도 끔찍한 일이 자행되었다.

갱차에 실려 오는 석탄 속에는 엄지손가락이며 새끼손가락 따위가 토막 난 채 끈적끈적하게 달라붙어서 섞여 있을 때가 있었다. 그러나 여자와 아이들은 그런 일에도 눈썹 하나 까딱하지 않았다. 그런 일에는 이미 익숙해져 있었다. 그들은 무표정하게 그

갱차를 다음 담당자에게 밀고 간다. 그 석탄이 거대한 기계를 자본가의 '이윤'을 위해 움직였다.

광부들은 누구나 오랫동안 감옥에 갇혀 있던 사람처럼 윤기가 없고 누렇게 부어서 늘 얼이 나가 있는 표정을 짓고 있었다. 일조량 부족과 탄가루, 유해가스가 섞여 있는 공기와 온도, 기압의 이상으로 몸은 눈에 띄게 이상해져 갔다.

"칠팔 년 동안 광부로 일하다 보면 대략 사오 년은 캄캄한 땅속에서 햇빛을 한 번도 보지 못하고 일하게 돼. 사오 년이나 말이야!"

그러나 여차하면 대체 노동자를 언제든 충분하게 구할 수 있는 자본가에겐 그런 일은 아무래도 상관없었다. 겨울이 오면 노동자들은 여지없이 광산으로 모여들었다.

그리고 또 '이주 농민'……홋카이도에는 '이민 농민'이 있었다. '홋카이도 개척', '인구·식량문제 해결, 이민 장려', '이민 성금' 등 달콤한 사탕발림만 늘어놓는 활동사진을 이용해서 논밭을 빼앗기게 된 내지의 가난한 농민들을 선동하여 이민을 장려해놓고, 기껏 찾아온 그들을 조금만 파도 진흙이 나오는 땅으로 몰아넣고 모른 체한다. 비옥한 땅엔 벌써 팻말이 세워져 있다.

한 가족이 눈 속에 파묻혀서 감자도 먹지 못하고 이듬해 봄에 굶어죽은 적이 있었다. 그런 일은 '사실' 몇 번이나 있었다. 눈이 녹을 무렵이 되어 10리나 떨어져 있는 '이웃사람'이 찾아와서 비로소 그들이 굶어죽은 사실을 알았다. 시체의 입 속에서 반쯤 먹다 만 볏짚 부스러기가 나오기도 했다.

어쩌다 굶어죽지 않고 살아남아도 그 황무지를 10년에 걸쳐 개간하여 간신히 평범한 밭이 되었다 싶을 때쯤 그 땅은 확실하게 '외지인'의 손에 넘어가게 되어 있었다. 고리대금업자, 은행가, 귀족, 대부호 같은 자본가들은 거짓말 같은 푼돈을 빌려주면 (툭 던져주고 나서 내버려두면) 황무지가 살찐 검은고양이의 윤기 나는 털처럼 기름진 땅으로 바뀌어서 틀림없이 자기 것이 되었다.

그런 일을 흉내 내서 쉽게 돈을 벌려는 영악한 인간들도 홋카이도로 들어왔다. 농민들은 얼마 되지도 않는 자기 것을 이쪽에서 빼앗기고 저쪽에서 뜯겼다. 그리고 결국에는 그들이 내지에서 그렇게 되었던 것처럼 '소작인'이 되어버렸다. 그제야 농민들은 비로소 자기가 '당했다'는 사실을 깨달았다.

그들은 재산이라는 것을 조금이라도 마련해서 고향으로 돌아올 생각으로 쓰가루津輕 해협을 건너 눈의 고장 홋카이도로 찾아 온 것이었다. 게 가공선에는 그렇게 자신의 땅을 '타인'에게 빼앗기고 온 사람이 많았다.

목재 적취 인부는 게 가공선의 어부와 처지가 비슷했다. 감시 자가 딸려 있는 오타루의 하숙집에서 빈둥거리며 지내다 배에 태워져 사할린이나 홋카이도의 오지로 끌려간다. 잠깐 미끄러지기라도 했다간 쿵쿵쿵 지축을 울리며 굴러 떨어지는 각재 밑에 깔려 전병 과자보다도 더 납작하게 짜부라졌다. 윈치로 목재를 배에 옮겨 실을 때 물을 먹어 껍질이 퉁퉁 불은 목재에 잘못해서 한 대 맞기라도 하면, 머리가 으깨진 인간은 벼룩보다도 가볍게 바닷속으로 떨어졌다.

내지에서는 언제까지나 말없이 참고 지내던 노동자가 하나로 뭉쳐서 자본가에게 반항했다. 그러나 '식민지'의 노동자는 그런 사정으로부터 완전히 '차단'되어 있었다.

너무나 힘들어서 참을 수가 없었다. 그러나 구르면 구를수록 커져만 가는 눈덩이처럼 고통은 더욱 심해지기만 했다.

"어떻게 될까……?"

"죽임을 당하겠지, 잘 알잖아."

"……."

뭔가 하고 싶은 말이 있는 듯했지만, 다들 꾹 참으며 아무 말이 없었다.

"주, 주, 죽임을 당하기 전에 우리가 먼저 죽이면 되지."

말더듬이가 퉁명스럽게 말했다.

철썩, 철썩, 파도가 천천히 배 옆구리를 때리고 있었다. 쉬, 쉬익, 쉬익. 쇠주전자의 물이 끓는 듯한 부드러운 소리가 끊임없이 들려왔다.

잠이 들기 전에 어부들은 때에 절어서 오징어처럼 흐물흐물해진 메리야스와 남방셔츠 따위를 벗어서 난로 위쪽에 널었다. 난로를 둘러싸고 있는 자들은 난롯불에 몸이 따뜻해지자 픽픽 쓰러졌다. 난로 위로 이와 빈대가 떨어지자 탁탁 소리를 내며 사람이 탈 때처럼 비릿한 냄새가 났다. 옷이 뜨거워지자 견디지 못하게 된 이가 셔츠의 솔기에서 가늘고 많은 다리를 열심히 움직이며 기어 나왔다. 손가락으로 집어 올리자 기름기가 많은 조그마한 몸뚱이의 감촉이 오싹했다. 사마귀 같은 기분 나쁜 머리가 한눈에 알아볼 수 있을 정도로 살찐 놈도 있었다.

"이봐, 거기 좀 잡아봐."

누군가는 훈도시의 한쪽 끝자락을 다른 사람에게 잡게 해서 쭉 펼친 채 이를 잡았다.

어부들은 이를 입에 물고 앞니로 톡 터뜨리거나 양쪽 엄지손가락의 손톱이 새빨개질 때까지 손톱으로 짓뭉개며 이를 잡았다. 어린아이가 손이 더러워지면 곧바로 옷에 문질러 닦듯이 한텐 자락에 쓱 닦고는 다시 이를 잡았다. 그러나 그렇게 하고도 쉽게 잠들 수 없었다. 어디에서 기어 나오는지 밤새 이와 벼룩, 빈대에 시달렸다. 별의별짓을 다 해봐도 퇴치할 수 없었다. 컴컴하고 구중중한 선반에 서 있으면 금세 스멀스멀 수십 마리의 벼룩이 정강이를 기어 올라왔다. 막판엔 몸 어딘가가 썩기라도 한 건 아닐까 하는 생각조차 들었다. 구더기와 파리에 뒤덮여 썩어 문드러진 '시체'가 된 듯한 섬뜩함을 느꼈다.

목욕은 처음엔 하루걸러 한 번씩 했다. 몸에서 비린내가 나고 더러워서 어쩔 수가 없었다. 그러나 일주일쯤 지나자 사흘 간격으로 벌어졌고, 한 달쯤 지나자 일주일에 한 번. 그리고 마침내 한 달에 두 번 꼴이 되었다. 물이 낭비되는 것을 막기 위해서였다. 그러나 선장이나 감독관은 매일 목욕했다. 그것은 낭비가 아니었다! 게 육수에 더러워진 몸으로 어부들은 며칠 동안 씻지도 못하고 일하다 보니 이나 빈대가 생기지 않을 리가 없었다.

훈도시를 풀면 검은 알갱이들이 후드득 떨어졌다. 훈도시를 묶었던 곳에는 빨갛게 자국이 남아 배에 고리를 만들었다. 그곳이 참을 수 없이 가려웠다. 자고 있으면 몸을 북북 긁어대는 소리가 사방에서 들려왔다. 꼬무락꼬무락 작은 벌레 같은 것이 몸 아래쪽에서 움직이는가 싶은 순간 문다. 그럴 때마다 어부들은 몸을 비꼬며 뒤척였다. 그러나 이내 마찬가지였다. 그것이 아침까지 반복된다. 옴이 옮은 것처럼 살갗이 거칠거칠해졌다.

"이놈의 이가 사람 잡는군."

"그러게 말이야."

어부들은 어쩔 수 없이 웃고 말았다.

5

두세 명의 어부가 황급히 갑판을 달려갔다.

그들은 갑자기 꺾이는 모퉁이를 돌지 못하고 비틀거리며 난간을 잡았다. 객실 갑판에서 수선을 하던 목수가 허리를 펴며 어부들이 뛰어간 쪽을 보았다. 찬바람에 눈물이 나와 처음에는 잘 보이지 않았다. 목수는 고개를 옆으로 돌리고 코를 거칠게 풀었다. 콧물이 바람에 날려 비뚤비뚤 선을 그리며 흩어졌다.

선미 좌현에 있는 윈치가 드르륵 소리를 냈다. 다들 게를 잡으러 나간 지금 윈치가 움직일 리 없었다. 그리고 윈치에는 뭔가 매달려서 축 늘어져 있었다. 그것이 흔들리고 있다. 윈치에 매달려 있는 쇠밧줄이 그것의 수직선 주위를 천천히 원을 그리며 흔들리고 있었다.

"뭐지?"

순간 목수는 철렁했다.

그는 당황한 듯 다시 고개를 돌리고 코를 팽 풀었다. 그새 바람이 바뀌어 콧물은 바지에 떨어졌다. 끈적하고 묽은 콧물이었다.

"또 시작이군."

목수는 팔로 몇 번이나 눈물을 닦으면서 시야를 맑게 했다.

이쪽에서 보면 비가 막 갠 듯한 은회색 바다를 배경으로 툭 튀어나와 있는 윈치의 가로대에 몸이 단단히 묶여서 매달려 있는 잡역부가 검정색으로 확실하게 도드라져 보였다. 윈치의 끝자락까지 올라가 있다. 그리고 마치 걸레조각이라도 걸려 있는 것처럼 한동안…… 20분이나 그대로 매달려 있다가 내려졌다. 몸을 비틀며 버둥거리는 듯했고, 두 다리가 거미줄에 걸린 파리처럼 움직였다.

이윽고 바로 앞의 객실에 가려 보이지 않게 되었다. 일직선으로 매달려 있는 쇠밧줄만이 이따금 그네처럼 움직였다.

눈물이 코로 들어가는지 자꾸만 콧물이 나왔다. 목수는 다시 코를 풀고 나서 허리춤에 찬 쇠망치를 꺼내 일하기 시작했다.

그는 무심코 귀를 기울이고 있다가 뒤를 돌아보았다. 쇠밧줄이 누군가 밑에서 잡고 흔드는 것처럼 흔들리고 있었고, 그곳에서 끼익끼익 둔탁하고 기분 나쁜 소리가 나고 있었다.

윈치에 매달려 있던 잡역부는 낯빛이 바뀌어 있었다. 시체처럼 딱딱하게 굳은 입술에서는 거품이 흘러나와 있었다. 목수가 내려갔을 때 잡역부장이 장작을 옆구리에 끼고 한쪽 어깨를 추켜올린 옹색한 자세로 갑판에서 바다로 오줌을 누고 있었다. 저걸로 때렸구나, 목수는 장작을 힐끗 보았다. 오줌은 바람이 불 때마다 갑판 끄트머리를 맞고 튀어 올랐다.

어부들은 날마다 이어지는 과로로 차츰 아침에 일어나기가 힘들어졌다. 감독관은 빈 석유 깡통을 자고 있는 어부들의 귓가에 대고 두들기며 돌아다녔다. 그들이 눈을 뜨고 일어날 때까지 깡통을 마구 두들겼다. 각기병에 걸린 사람이 고개를 반쯤 들고 뭐라고 말했다. 그러나 감독관은 못 들은 척하며 깡통을 계속 두들겼다. 목소리가 들리지 않기 때문에 금붕어가 물 위로 나와서 숨을 쉴 때처럼 입만 뻐끔뻐끔 움직이는 모습으로 보였다. 깡통을 한참 두들기고 나서 감독관은 호통을 쳤다.

"뭣들 하는 거야! 두들겨 패야 일어날 건가? 적어도 국가적인 일인 이상 전쟁과 다를 게 없다. 죽을 각오로 일해라! 얼빠진 놈들!"

환자들은 모두 이불을 빼앗기고 갑판으로 쫓겨났다. 각기병자는 계단에 발끝이 걸려 넘어졌다. 그는 난간을 잡고 몸을 비스듬히 기울여서 자기 다리를 자기 손으로 들어 올리며 계단을 올라갔다. 한 걸음 옮길 때마다 심장이 기분 나쁘게 쿵쾅쿵쾅 뛰었다.

감독관도 잡역부장도 환자들에게는 주워온 자식을 대하듯 매몰차게 굴었다. 환자가 통조림에 게 살을 채워 넣는 작업을 하고 있으면 그를 갑판으로 쫓아내서 게 다리를 손질하게 했다. 잠시 그 일을 하고 있으면 이번엔 통조림통을 종이로 싸는 작업을 시켰다. 한기가 뼛속까지 파고들 정도로 춥고 어두운 공장 안에서 미끄러운 바닥에 신경을 쓰면서 서 있으면 무릎 아래가 의족을 차고 있는 것보다 더 무감각해졌다. 그리고 갑자기 무릎 관절이 서로 어긋난 것처럼 맥없이 털썩 주저앉을 것만 같았다.

학생이 게를 깨뜨리느라 더러워진 손등으로 이마를 툭툭 두드리더니 잠시 후 그대로 옆으로 쓰러졌다. 그때 옆에 쌓여 있던 빈 통조림 깡통들이 엄청난 소리를 내며 쓰러진 학생 위로 무너져 내렸다. 그리고 배가 기우는 대로 기계 밑이며 짐 사이로 반짝거리면서 굴러갔다.

주위에 있던 동료들이 당황해서 그를 해치로 데리고 가려고 했다. 그때 마침 휘파람을 불면서 공장으로 내려오던 감독관과 마주쳤다. 감독관은 그들을 힐끗 보더니 말했다.

"누가 자리에서 떠나라고 했나?"

"누가!?"

울컥 화가 치민 어부 중 한 명이 어깨로 들이받을 듯이 감독관에게 대꾸했다.

"누가아? 이 새끼, 다시 한 번 말해봐!"

감독관은 주머니에서 권총을 꺼내 장난감처럼 빙글빙글 돌렸다. 그러고는 입을 세모꼴로 일그러뜨리면서 몸을 뒤로 젖히고 갑자기 큰 소리로 웃기 시작했다.

"물 가져와!"

감독관은 물이 가득 담긴 통을 받아들고 침목처럼 바닥에 나동그라져 있는 학생의 얼굴에 냅다 들이부었다.

"이걸로 됐다. 쓸모없는 놈은 봐줄 필요가 없어. 다들 가서 일이나 해!"

이튿날 아침 공장으로 내려간 잡역부는 선반旋盤 쇠기둥에 어제 그 학생이 묶여 있는 것을 보았다. 목이 비틀린 닭처럼 고개를 앞으로 푹 숙인 채 등줄기 끝에 큰 관절 하나가 툭 튀어나와 있었다. 그리고 감독관의 글씨체가 분명한 글씨가 쓰인 판지가 어린아이의 턱받이처럼 가슴에 걸려 있었다.

이놈은 불충을 저지른 꾀병 환자이므로 포승줄을 풀어 주는 것을 금한다.

이마에 손을 대보니 차가운 쇠를 만지는 것보다 더 차가웠다. 잡역부 등은 공장으로 들어가면서 웅성웅성 이야기했다. 그러나 아무도 학생에게는 말을 거는 자가 없었다. 뒤에서 잡역부장이 내려오는 소리가 들리자 그들은 그 학생이 묶여 있는 기계에서 두 갈래로 갈라져 저마다 담당구역으로 갔다.

게 잡이가 바빠지자 더 지독하게 몰아세우기 시작했다. 앞니가 부러져서 밤새 '피가 섞인 침'을 뱉는 사람이 있는가 하면 과로로 작업 중에 까무러치거나 눈에서 피가 나는 사람, 따귀를 하도 세

게 얻어맞아서 귀가 들리지 않게 된 사람도 있었다. 너무 피곤한 나머지 다들 술에 취했을 때보다도 더 정신을 못 차렸다. 일을 마칠 시간이 되면 '이제 살았구나.' 하고 긴장이 풀리면서 순간 어질어질 현기증이 나기도 했다.

모두가 일을 마칠 채비를 하고 있을 때 감독관이 이렇게 소리를 치며 돌아다녔다.

"오늘은 아홉 시까지다. 이 새끼들 일을 마칠 때만 되면 행동이 빨라지는군."

다들 고속사진처럼 느릿느릿 다시 움직이기 시작했다. 기력이 다 떨어져서 그렇게밖에는 움직일 수 없었다.

"잘 들어라. 여기는 두 번이고 세 번이고 나갔다가 다시 올 수 있는 곳이 아니다. 게다가 언제든 게를 잡을 수 있다고 단정할 수도 없다. 그런데 하루 일이 열 시간, 열세 시간이라고 해서 딱 그 시간만 일하고 말겠다니, 당치도 않다. 일의 성격이 다르다. 알겠느냐? 그 대신 게가 잡히지 않을 때는 너희들이 미안해할 정도로 놀게 해주겠다."

감독관은 '똥통'에 내려와서 이런 말도 했다.

"로스케는 말이야, 물고기가 눈앞에서 떼로 몰려 다녀도 시간이 되면 일 분의 지체도 없이 하던 일을 내팽개쳐버린다. 그러니까…… 그런 마음가짐이니까 러시아가 저 꼴인 거다. 우리 일본의 남아들은 결코 흉내 내선 안 돼!"

뭐라는 거야, 저 사기꾼 새끼! 그렇게 생각하며 감독관의 말을 무시하는 사람도 있었다. 그러나 대부분은 감독관에게 그런 말을 들으면 일본인은 역시 위대하다고 생각했다. 그리고 자기들이 날마다 겪는 잔혹한 고통이 왠지 '영웅적'인 것으로 보였고, 그것이 적어도 모두에게는 위안이 되어주었다.

갑판에서 일하고 있으면 종종 수평선을 가로지르며 남하하는 구축함이 눈에 띄었다. 후미에 일본 국기가 펄럭거리는 모습이 보였다. 어부 등은 흥분해서 눈물을 글썽이며 모자를 손에 들고 흔들었다. 저것밖에 없다, 우리 편은 저것밖에 없어. 그렇게 생각했다.

"제기랄, 저걸 보고 있으면 자꾸 눈물이 나."

구축함이 점점 작아지다가 연기에 둘러싸여 보이지 않게 될 때까지 바라보았다.

걸레조각처럼 녹초가 되어 돌아오면 다들 한 마음이라도 된 듯 혼잣말로 그저 "에이, 씨팔!" 하고 욕지거리를 내뱉었다. 어둠 속에서 그 소리는 증오에 찬 황소의 신음소리와 비슷했다. 누구를 상대로 그러는지는 그들 스스로도 몰랐다. 그러나 날마다 같은 '똥통' 안에서 200명 가까운 사람들이 서로 무뚝뚝하게 대화를 주고받는 사이에 눈에 보이지 않게 생각하는 것과 말하는 것, 행동하는 것이 (달팽이가 땅바닥을 기어가는 것처럼 느리지만) 일치되어갔다.

이처럼 같은 흐름 속에서도 물론 같이 흘러가기를 거부한 듯 제자리걸음을 하는 사람이 생기거나 다른 쪽으로 방향을 바꾸는 중년의 어부도 있었다. 그러나 그 모든 것이 스스로는 아무것도 깨닫지 못하는 사이에 그렇게 되어버렸고, 그리고 어느 틈엔가 확실하게 나뉘었다.

아침이었다. 트랩을 느릿느릿 올라가면서 광산에서 온 사내가 말했다.

"도저히 더는 못 버티겠어."

어제는 10시 무렵까지 일하는 바람에 몸이 고장 나기 시작한 기계처럼 삐걱거렸다. 트랩을 올라가면서 깜빡 잠이 들기도 했다. 뒤에서 "어이." 하고 부르는 소리를 듣고 무의식중에 팔과 다리를 움직였다. 그러다 발을 헛디뎌서 하마터면 앞으로 고꾸라질 뻔했다.

일을 시작하기 전에 다들 공장으로 내려가 한쪽 구석에 모였다. 하나같이 진흙인형 같은 얼굴이었다.

"난 태업을 할 거야. 도저히 일을 못하겠어."

광부였다.

모두가 입을 다문 채 얼굴을 씰룩였다.

잠시 후 누군가가 말했다.

"가만히 놔두겠어?"

"꾀부리려고 태업하는 게 아니야. 일을 정말 못하겠다고."

광부가 소매를 팔뚝 위로 걷어 올리며 다들 보는 앞에서 여봐란 듯이 폼을 잡았다.

"질질 길게 끌 것 없어. 난 꾀를 부리려고 태업하는 게 아니야."

"그렇다면 뭐."

"……."

그날 감독관은 볏을 빳빳이 세운 싸움닭처럼 공장을 휘젓고 다녔다.

"무슨 일이야, 도대체 무슨 일이냐구!?"

감독관은 고래고래 소리를 질렀다. 그러나 능장을 부리며 일하는 자가 한두 명이 아니고 여기저기에서 거의 모두가 그랬기 때문에 그저 안달을 내며 돌아다닐 수밖에 없었다. 어부들과 선원들도 그런 감독관을 보는 것은 처음이었다. 상갑판에선 그물에서 빼낸 게가 무수하게 기어 다니는 소리가 났다. 막힌 하수도처럼 일이 자꾸만 쌓여갔다. 그러나 '감독관의 곤봉'은 아무 도움도 되지 못했다!

작업을 마치고 나서 푹 삶은 듯한 수건으로 목을 닦으면서 다들 줄줄이 '똥통'으로 돌아왔다. 얼굴을 마주 보니 저절로 웃음이 나왔다. 왜 그런지 이유도 모른 채 웃겨서, 그냥 웃겨서 어쩔 줄을 몰랐다.

그것은 선원들에게도 옮겨갔다. 자기들을 어부들과 경쟁시킨 감독관의 농간에 바보같이 놀아나서 죽기 살기로 일한 것을 알자 그들도 이따금 태업을 했다.

"어제 너무 많이 일했으니까 오늘은 태업이야."

일을 시작하기 전에 누군가 그렇게 말하면 다들 그대로 따랐다. 그러나 '태업'이라고 해도 그저 몸이 조금 편해지는 것에 지나지 않았다.

몸에 이상이 없는 사람이 하나도 없었다. 일할 시간이 되면 '어쩔 수 없이' 해야지. '죽임을 당하긴' 어느 쪽이나 마찬가지야. 모두 그런 생각을 하고 있었다. 다만 더 이상 참을 수 없었다.

＊　　　　＊　　　　＊

"보급선이다! 보급선이다!"

상갑판에서 외치는 소리가 아래까지 들렸다. 다들 제각각 '똥통' 선반에서 누더기 차림으로 뛰어내렸다.

보급선은 어부나 선원들에겐 '여자'보다도 간절히 기다려지는 것이었다. 이 배만은 소금 냄새가 아닌 하코다테의 냄새가 났다. 몇 달을, 몇 백 일을 밟아보지 못한 저 움직이지 않는 '흙' 냄새가 났다. 게다가 보급선에는 제각각 날짜가 다른 수십 통의 편지와 셔츠, 속옷, 잡지 따위도 함께 실려 있었다.

그들은 게 비린내가 나는 뼈마디가 울뚝불뚝한 손으로 소포를 덥석 움켜쥐고는 '똥통'으로 뛰어 내려갔다. 그리고 선반에 크게 책상다리를 하고 앉아 다리 사이에서 소포를 풀었다. 갖가지 물건이 나왔다. 옆에서 어머니가 불러주는 대로 아이가 서툰 글씨로 받아 적은 편지와 수건, 치약, 이쑤시개, 휴지, 옷가지…… 또 그것들 사이에서 생각지도 못했던 아내의 편지가 납작하게 눌려서 나오기도 했다. 그들은 그것들에서 육지에 있는 '우리 집'의 냄새를 맡으려고 했다. 젖내 나는 아이의 냄새와 후끈한 아내의 체취를 찾았다.

씹이 고파 죽겠네,

삼 전짜리 우표로 보내줄 수 있다면야,

씹 통조림으로 보내주시게!

누군가 쓸데없이 큰 소리로 〈스토톤부시すととん節(1920년대의 유행가. 스토톤이라는 추임새가 각 절에 들어간다)〉를 불렀다.

아무것도 받지 못한 선원이나 어부는 바지주머니에 두 팔을 막대기처럼 찔러 넣고 돌아다녔다.

"네가 없는 동안 사내라도 불러들인 게지."

빈손인 그들을 모두가 놀려댔다.

어둑어둑한 구석에서 고개를 돌린 채 다들 와자지껄 떠드는 모습에는 아랑곳하지 않고 손가락을 몇 번이나 접었다 폈다 하며 생각에 잠겨 있는 어부가 있었다. 그는 보급선으로 온 편지를 읽고 아이가 죽었다는 소식을 알았다. 아이가 죽은 지 두 달이나 되었다는데 여태 그것도 모르고 있었던 것이다. 편지에는 무선 전보를 의뢰할 돈이 없었다고 쓰여 있었다. 저 사람이 왜 저러지? 하고 의아할 정도로 그는 계속 말이 없었다.

그런데 그와는 처지가 정반대인 사람도 있었다. 물에 불은 문어 새끼처럼 생긴 갓난아기 사진이 들어 있기도 했다.

"이거야!?"

그는 괴상한 소리로 웃고 나서 "이봐 어때? 우리 아이가 태어났네."라고 말하며 만면에 웃음을 띤 채 자랑하고 다녔다.

소포에는 보잘것없지만 아내가 아니고는 할 수 없는 세심한 배려가 느껴지는 물건이 들어 있기도 했다. 그런 것을 볼 때면 누구나 마음이 뒤숭숭해지기 마련이다. 그리고 그냥 다 때려치우고 무작정 집에 돌아가고 싶어진다.

보급선에는 회사에서 파견한 활동사진대가 타고 있었다. 다 만든 통조림을 보급선에 옮겨 실은 날 밤 모선에서 활동사진을 상영하게 되었다.

평평한 사냥 모자를 삐딱하게 쓰고, 나비넥타이에 두툼한 바지를 입은 비슷한 모습의 젊은 사내 두세 명이 무거워 보이는 짐 가

방을 들고 모선으로 건너왔다.

"냄새 참 지독하다, 지독해."

그렇게 말하면서 그들은 윗도리를 벗고 휘파람을 불며 스크린을 치거나 거리를 재고 받침대를 설치하기 시작했다. 어부들은 그들에게서 뭔가 '바다'가 아닌 것, 자신들과 다른 것을 느끼며 그것에 강하게 끌렸다. 선원과 어부 들은 괜스레 들떠서 그들을 도왔다.

나이가 가장 많고 상스러워 보이는, 굵은 금테 안경을 쓴 남자가 조금 떨어진 곳에 서서 목덜미의 땀을 닦고 있었다.

"변사님, 그런 곳에 서 계시면 발밑에서 벼룩이 기어 올라갑니다요!"

그러자 그는 비명을 지르며 달궈진 철판이라도 밟은 것처럼 펄쩍 뛰어올랐다.

보고 있던 어부들이 킥킥 웃었다.

"정말 지랄 같은 곳이네!"

쉬고 기생오라비 같은 목소리였다. 역시 변사다웠다.

"잘 모르겠지만 이 회사가 여기에 이렇게 올 때마다 얼마나 벌 것 같아? 굉장해. 육 개월에 오백만 엔이야. 일 년이면 천만 엔.

말이 천만 엔이지 그것만 해도 엄청난 금액이야. 게다가 주주에게 이 할 이 푼 오 리라는 말도 안 되는 배당을 하는 회사는 아마 일본에도 더는 없을걸? 이번에 사장이 국회의원이 된다고 하니 더할 나위 없지. 역시 이런 식으로 지독하게 하지 않으면 그만한 돈을 벌 수 없나 봐."

밤이 되었다.

'1만 상자 축하'도 겸해서 사케酒(일본의 전통 술. 청주)와 소주, 오징어, 조림, 담배, 캐러멜이 모두에게 배급되었다.

"자, 아저씨한테 와봐."

잡역부들은 어부와 선원 들 사이에서 인기가 좋아 서로 끌어가려고 했다.

"편안하게 안아줄게."

"위험해, 위험해! 나한테 와."

그렇게 한동안 왁자지껄 실랑이가 이어졌다.

앞줄에서 네다섯 명이 갑자기 박수를 쳤다. 다들 영문도 모르고 그들을 따라 박수를 쳤다. 감독관이 하얀 스크린 앞으로 나왔다. 허리를 곧게 펴고 뒷짐을 진 채 그는 일장 연설을 하기 시작했다. 그는 연설을 하면서 '여러분'이라거나 '저는' 같은 평소에는 말한 적이 없는 단어를 사용하는가 하면 또 늘 그렇듯 '일본의 남아'라거나 '부강한 나라'라는 말도 썼다. 대부분이 시큰둥한 표정으로 흘려들으면서 관자놀이와 턱뼈를 움직이며 오징어를 씹고 있었다.

"그만, 그만!"

뒤에서 누군가가 소리쳤다.

"너 같은 건 들어가! 변사가 필요하단 말이다, 변사가!"

"육각봉이 더 어울린다!"

모두가 와하고 웃었다. 휘파람을 불고 정신없이 손뼉을 쳤다.

감독관도 그 자리에선 차마 화를 내지 못하고 얼굴을 붉힌 채 뭐라고 말하더니 (시끄럽게 떠드는 소리에 들리지 않았다.) 들어가 버렸다. 그리고 활동사진이 시작되었다.

처음엔 '실사實寫'였다. 미야기宮城, 마쓰시마松島, 에노시마江ノ島, 교토京都……가 덜거덕 덜거덕 넘어가며 차례차례 나왔다. 가끔 끊겼다. 갑자기 사진이 두세 장 겹치며 어지럽게 뒤섞이는가 싶더니 픽 하고 순식간에 사라지고 스크린이 하얘졌다.

그 다음엔 서양 영화와 일본 영화를 상영했다. 어느 것이나 필름에 줄이 가서 심하게 '비'가 내렸다. 게다가 군데군데 필름을 이어붙였는지 등장인물의 움직임이 어색했다. 그러나 그런 것은 아무래도 상관없었다. 다들 푹 빠져 있었다. 몸매가 좋은 외국 여자가 나오자 휘파람을 불거나 돼지처럼 콧소리를 냈다. 변사는 화가 나서 한동안 설명을 하지 않을 때도 있었다.

서양 영화는 미국 영화로 '서부 개척사'를 다룬 것이었다. 야만인에게 습격을 받거나 자연의 무자비한 공격에 박살이 나고도 다시 일어서서 철도를 한 칸 한 칸 늘려간다. 도중에 마치 철도의 이음매처럼 하룻밤 사이에 뚝딱 '마을'이 생긴다. 그리고 다시 철도가 나아가고, 그 앞으로, 또 그 앞으로 마을이 생긴다.

거기에서 일어나는 다양한 고난은 한 공사장 인부와 회사 중역의 딸이 펼치는 '러브스토리'와 얽혀서 겉으로 드러나기도 하고 안으로 묻히기도 하면서 그려지고 있었다. 마지막 장면에서 변사가 목소리를 높였다.

"그들 숱한 청년들의 희생에 의해 마침내 완공된 장장 수백 마일의 철도는 기다란 뱀처럼 들판을 달리고 산을 관통하게 되었습니다. 이리하여 어제까지의 미개척지는 부강한 나라로 바뀌었던 것입니다."

중역의 딸과 어느새 신사가 된 인부가 서로 포옹하는 장면에서 막이 내렸다.

중간에 아무 의미 없이 낄낄 웃게 만드는 짧은 서양 영화가 한 편 더 상영되었다.

일본 영화는 가난한 한 소년이 '낫토 장수', '신문팔이' 등을 전전하다 '구두닦이'를 하고 공장에 들어가 모범 직공으로 발탁되어 큰 부자가 되는 영화였다.

변사는 자막에는 없었지만 이렇게 덧붙였다.

"근면이야말로 진정한 성공의 어머니가 아니고 무엇이겠는가!"

그 말에는 잡역부들이 '진지한' 박수를 보냈다. 그러나 어부나 선원 들 중에는 큰 소리로 이렇게 고함치는 사람도 있었다.

"거짓말이다! 그렇다면 난 벌써 사장이 되고도 남았겠다!"

그러자 다들 큰 소리로 웃었다.

뒤이어 변사는 이렇게 말했다.

"저런 곳에는 전력을 다해서 일하고 또 일하라고 회사에서 명령을 받고 온 것이오."

마지막에는 회사에 소속된 공장과 사무실 등이 나왔다. 그리고 그곳에서 '근면'하게 일하고 있는 많은 노동자들의 모습이 그려졌다.

영화가 끝나자 다들 '1만 상자 축하' 술에 취했다.

오랫동안 술을 입에 대지 못한 데다 너무 피로한 나머지 곤드레만드레 취해버렸다. 어슴푸레한 전등불 밑에는 뿌연 담배연기가 구름처럼 고여 있었다. 공기는 후끈하고 질척질척한 것이 썩은내가 진동했다. 웃통을 벗어젖힌 사람, 머리띠를 하고 있는 사람, 책상다리를 한 사람, 엉덩이를 까고 있는 사람, 이런저런 일에 서로 큰소리로 고함을 치고 있는 사람…… 그리고 이따금 치고 박는 싸움이 일어나기도 했다.

그런 분위기는 12시가 지날 때까지 이어졌다.

각기병으로 줄곧 누워 있는 하코다테 출신의 어부는 베개를 조금 높여달라고 해서 다른 사람들이 떠들썩하게 노는 모습을 바라보았다. 고향 친구인 어부는 옆에 있는 기둥에 기대 이 사이에 낀 오징어를 '쓰읍, 쓰읍' 소리를 내며 성냥개비로 빼내고 있었다.

시간이 꽤 흐른 뒤였다. '똥통' 계단을 마대자루 같은 어부가 굴러 내려왔다. 옷가지와 오른손이 피로 범벅되어 있었다.

"회칼, 회칼! 회칼 가져와!"

그는 봉당을 기어 다니면서 소리쳤다.

"아사카와 이 새끼, 어디 갔어? 어디로 사라진 거야? 죽여버릴 테다!"

감독관한테 두들겨 맞은 적이 있는 어부였다. 그는 난로 부지깽이를 들고 눈빛이 바뀌어서 다시 나갔다. 아무도 그를 말리지 않았다.

"야!"

하코다테 출신의 어부는 친구를 올려다보며 말했다.

"어부라도 언제까지나 나무뿌리처럼 무시당하고 있을 수는 없잖아? 재미있어지겠어!"

이튿날 아침이 되어서 감독관은 자기 방의 유리창이며 탁자 따위가 완전히 부서져버린 것을 알았다. 그러나 감독관만은 어디에 있었는지 운 좋게 아무 '탈'이 없었다.

6

포근하고 잔뜩 흐린 날씨였다. 어제까지 내리던 비가 막 개려던 참이었다. 흐린 하늘과 같은 빛깔의 비가 역시 흐린 하늘과 같은 색의 바다에 이따금 부드러운 파문을 일으키며 떨어졌다.

정오가 지나서 구축함이 찾아왔다. 짬이 난 어부와 잡역부, 선원들이 갑판 난간에 기대 넋을 잃고 구축함을 화제로 왁자지껄 이야기하고 있었다. 좀처럼 없는 일이었다.

구축함에서 내려진 작은 보트를 타고 장교로 보이는 사람들이 모선으로 건너왔다. 모선 몸체 옆으로 비스듬하게 내려진 트랩의 아래쪽 층계참에서는 선장, 공장 대표, 감독관, 잡역부장이 기다리고 있었다. 보트가 모선에 닿자 서로 거수경례를 하고 선장을 선두로 해서 올라왔다. 감독관이 위쪽을 힐끗 쳐다보고는 얼굴을 찡그리며 손을 흔들어 보였다.

"뭘 보고 있는 거야? 가, 저리들 가!"

"거들먹거리긴, 개새끼!"

그들은 뒷사람이 앞사람을 밀면서 우르르 공장으로 내려갔다. 비린내가 갑판에 남았다.

"냄새가 고약하군."

말쑥한 차림의 콧수염을 기른 젊은 장교가 점잖게 얼굴을 찌푸렸다.

뒤따르던 감독관이 당황해서 앞으로 나서더니 뭐라 말하며 몇 번이나 고개를 조아렸다.

어부와 선원, 잡역부 들은 다들 멀찌감치 떨어져서 장식 솔이 달린 단검이 걸을 때마다 엉덩이에 부딪혀서 튀어 오르는 모습을 보고 있었다. 그들은 서로 누가 누구보다 높다, 높지 않다 하면서 진지하게 이야기를 주고받다 막판엔 티격태격 싸우기도 했다.

"저런 걸 보면 아사카와도 별 볼일 없는 놈이야."

누군가 감독관이 굽실거리는 모습을 흉내 내어 보였다. 그 모습을 보고 모두가 웃음을 터뜨렸다.

그날은 감독관은 물론 잡역부장도 자리를 비운 터라 다들 맘편히 일할 수 있었다. 노래를 흥얼거리거나 기계 너머에 있는 사람과 큰 소리로 이야기를 나눴다.

"이렇게만 일할 수 있으면 얼마나 좋을까."

다들 일을 마치고 상갑판으로 올라왔다. 객실 앞을 지날 때 안에서 술에 취해 제멋대로 시끄럽게 떠드는 소리가 들렸다.

잔심부름꾼 소년이 나왔다. 객실 안은 담배 연기로 자욱했다.

소년의 상기된 얼굴에는 땀이 송골송골 맺혀 있었다. 양손에 빈 맥주병을 잔뜩 든 소년은 턱짓으로 바지주머니를 가리키며 말했다.

"땀 좀 닦아줘요."

어부가 손수건을 꺼내 땀을 닦아주면서 객실을 보며 물었다.

"뭣들 하고 있는 거야?"

"지랄발광들이에요. 술을 벌컥벌컥 마시면서 무슨 얘기들을 하는가 하면, 여자의 거시기가 이러쿵저러쿵. 덕분에 백 번도 넘게 이렇게 뛰어다니고 있어요. 농림성 관리가 온다고 해도 마중 나가다 트랩에서 굴러 떨어질 정도로 취했어요."

"뭐 하러 온 거야?"

잔심부름꾼 소년은 모르겠다는 표정을 짓고 서둘러 주방으로 달려갔다.

젓가락으로는 먹기 힘들 정도로 흐슬부슬한 안남미에 종잇조각 같은 건더기가 떠 있는 짠 된장국으로 어부 등은 밥을 먹었다.

"먹은 적도, 본 적도 없는 양식이 객실에 몇 번이나 들어가더군."

"에이, 똥이나 처먹어라."

식탁 옆쪽 벽에는 후리가나振り仮名(일본어 표기에 있어서 주로 한자의 읽는 법을 주위에 작게 써놓은 것)가 달린 서툰 글씨체로 쓰인 이런 전단이 붙어 있었다.

> 하나, 밥에 대해 불평을 하는 사람은 훌륭한 사람이 될
> 수 없다.
> 하나, 쌀 한 톨도 소중하게 여겨라. 피와 땀의 산물이다.
> 하나, 부자유와 고통을 감내하라.

어부들은 식사가 끝나고 잠을 자기 전까지 잠깐 동안 난로 주위에 모였다. 구축함 이야기에서 시작해 군대 이야기가 나왔다.

그들 중에는 아키타, 아오모리, 이와테 출신의 농민이 많았다. 그리고 군대 이야기가 나오면 영문도 모르고 정신없이 빠져들었다. 군대에 다녀온 사람이 많았다. 그들은 당시의 잔인무도했던 군대 생활을 오히려 그리워하며 여러 가지 추억을 떠올렸다.

다들 잠을 자고 있는데 갑자기 객실 쪽에서 소란스럽게 떠드는 소리가 갑판과 선체의 옆구리를 타고 들려왔다. 문득 눈을 떴을 때 "아직도 저러고 있네."라고 누군가가 투덜대는 소리가 들렸다.

'벌써 날이 새고 있잖아? 누구지?'

잔심부름꾼 소년일지도 모른다. 신발 뒤꿈치를 쿵쿵거리며 갑판을 왔다 갔다 하는 소리가 들렸다. 그리고 실제로 객실 쪽에서는 새벽녘까지 소란이 이어졌다.

그래도 장교들은 구축함으로 돌아간 듯 트랩이 내려져 있었다. 그리고 계단마다 밥알과 게살, 갈색의 걸쭉한 것이 뒤범벅된 토사물이 대여섯 계단 쭉 이어져 있었다. 토사물에서는 썩은 알코올 냄새가 코를 강하게 찔렀다.

구축함은 날개를 접은 잿빛 물새처럼 보이지 않을 정도로 미세하게 선체를 흔들며 떠 있었다. 그 모습은 마치 몸 전체가 '잠'

을 탐하고 있는 것처럼 보였다. 굴뚝에서 담배연기보다도 가는 연기가 바람 한 점 없는 하늘로 털실처럼 피어오르고 있었다.

감독관과 잡역부장 등은 해가 중천에 떴는데도 일어나지 않았다.

"지 멋대로 구는 개 잡종 같은 새끼!"

어부는 일을 하면서 투덜거렸다.

주방 한쪽 구석에는 지저분하게 먹어치운 게 통조림 깡통과 맥주병이 산더미처럼 쌓여 있었다. 아침에 그것들을 나르던 주방 소년조차 이걸 다 먹고 마신 거야? 라며 놀라워했다.

잔심부름꾼 소년은 일의 특성상 어부나 선원 등은 도저히 짐작할 수 없는 선장이나 감독관, 공장 대표 등의 노골적인 모습을 속속들이 알고 있었다. 그리고 동시에 어부들의 비참한 생활도 (감독관은 취하면 어부들을 '돼지 새끼'라고 불렀다.) 똑똑히 알고 있었다. 공평하게 말하면 윗분은 '오만'하고, 돈벌이를 위해서라면 무서울 정도로 태연하게 못된 짓을 꾸몄다. 어부나 선원 들은 거기에 감쪽같이 속아 넘어갔다. 도저히 보고 있을 수가 없었다.

아무것도 모를 때가 차라리 더 나았다고 잔심부름꾼 소년은 늘 생각했다. 그는 당연히 어떤 일이 일어날지, 일어나지 않을지 자신은 잘 안다고 생각했다.

2시쯤이었다. 선장과 감독관 등은 아무렇게나 대충 개어놓은 듯 구깃구깃해진 옷을 입고, 선원 두 사람에게 통조림을 들게 한 뒤 모터보트를 타고 구축함으로 갔다. 갑판에서 게살을 발라내던 어부와 잡역부 들이 손을 멈추지 않고 '혼례 행차'라도 보듯이 그 모습을 바라보았다.

"뭘 하는 건지 도통 모르겠네."

"우리가 만든 통조림을 마치 똥 닦는 휴지만도 못하게 생각하더군."

"그런데 말이야……."

왼손 손가락이 세 개밖에 없는 중년을 넘긴 어부였다.

"이런 데까지 와서 우릴 지켜주는 사람들이잖나, 괜찮아."

그날 저녁 구축함 굴뚝에선 어느새 연기가 뭉게뭉게 피어오르기 시작했다. 수병들이 갑판 위에서 부리나케 왔다 갔다 하고 있었다. 그리고 그로부터 30분쯤 지나 구축함이 움직이기 시작했다. 함미의 깃발이 바람에 펄럭펄럭 날리는 소리가 들렸다. 게 가공선에서는 선장의 선창으로 '만세'를 외쳤다.

저녁식사가 끝나고 나서 잔심부름꾼 소년이 '똥통'으로 내려왔다. 다들 난로 주위에 모여 이야기를 나누고 있었다. 어슴푸레한 전등불 아래로 가서 셔츠에서 이를 잡는 사람도 있었다. 전등불 아래를 지나갈 때마다 큰 그림자가 페인트칠이 바래고 찌들어서 거무스름해진 벽에 비스듬하게 비쳤다.

"장교들이랑 선장, 감독관이 말하는 걸 들었는데, 이번에 러시아 영해로 몰래 들어가서 조업을 할 모양이에요. 그래서 구축함이 밤낮없이 곁에서 지켜준대요. 이걸 어지간히도 먹였나 봐요. (엄지와 검지로 동그라미를 만들어 보였다.) 그들 말을 들어보니까 돈이 그냥 사방에 굴러다니고 있는 캄차카와 북부 사할린 일대를 앞으로 어떻게 해서든지 일본 걸로 만들겠다는 거예요. 일본의 저것들은 중국이나 만주뿐만 아니라 이쪽 방면도 소중하다고 말했대요. 게다가 이 회사가 미쓰비시三菱 등과 함께 정부를 교묘하게 부추기고 있는 것 같아요. 이번에 사장이 국회의원이 되면 더 박차를 가하겠죠. 그리고 말이죠, 구축함이 게 가공선을 경비하기 위해 출동했다고는 하지만 아무래도 그것만이 목적이 아니라 이 근방의 바다와 북부 사할린, 쿠릴열도 부근까지 상세하게 측량하고 기후를 조사하는 일이 더 큰 목적 같아요. 만일의 사태가 생기면 그걸 실수 없이 처리하기 위해서라나. 이건 비밀

일 거라고 생각하지만 쿠릴열도의 제일 끝에 있는 섬에 몰래 대포랑 중유를 옮겨놓았다고 했어요. 난 처음에 그 말을 듣고 깜짝 놀랐지만, 지금까지 일본이 일으킨 전쟁은 어느 전쟁이든 실은 그 속을 까뒤집어보면 모두 두세 명의 부자들이 (그 대신 어마어마한 부자들이) 지시를 내리고 동기만 이렇게 저렇게 억지로 갖다 붙여서 일으킨 것이잖아요. 그 사람들은 돈이 될 것 같은 곳은 어떻게든 손에 넣고 싶어서 분주하게 움직인다니까요. …… 위험한 자들이래요."

7

원치에서 드르륵 소리가 나며 가와사키부네가 내려왔다. 바로 그 밑엔 어부가 네 명쯤 기다리고 있었다. 원치의 가로대가 짧기 때문에 내려오는 가와사키부네를 잡아 갑판 바깥쪽으로 밀어서 바다까지 내려가게 하기 위해서였다. 그러다 보면 종종 위험한 일이 생겼다.

고물 배의 원치는 각기병에 걸린 환자의 무릎처럼 삐걱거렸다. 쇠밧줄을 감고 있는 톱니바퀴의 상태에 따라 다른 쪽 쇠밧줄만 짝짝이로 늘어나면 가와사키부네가 훈제 청어처럼 한쪽으로 완전히 기울어져서 매달리는 경우도 있다. 그럴 때면 뜻하지 않게 그 밑에 있던 어부가 자주 부상을 입었다.

그날 아침도 그랬다.

"앗, 위험해!"

누군가 소리를 질렀다. 내려오던 가와사키부네에 부딪혀서 밑에 있던 어부의 목이 가슴속으로 말뚝이 박힌 것처럼 들어가 버렸다.

어부들은 그를 선의에게 데려갔다. 그들 중에서 지금은 감독관 같은 부류에게 확실하게 적개심을 갖고 있는 자들은 의사에게 '진단서'를 끊어달라고 부탁했다. 감독관은 인간의 탈을 쓴 뱀 같은 놈이라 어떻게든 트집을 잡으려고 할 것이 뻔했다. 그때 항의를 하려면 진단서가 필요했다. 게다가 선의는 어부들이나 선원들을 비교적 동정하는 편이었다.

"이 배에선 일하다가 다치거나 병을 얻는 사람보다 두들겨 맞거나 부딪혀서 다치거나 병을 얻는 사람이 훨씬 많으니까."

이렇게 말하며 의사는 놀랐다. 날마다 일지를 써서 증거로 남겨두지 않으면 안 된다고도 했다. 그리고 병에 걸리거나 다친 어부나 선원 등을 꽤 친절하게 보살펴주었다.

진단서를 떼어 달라고 한 명이 말을 꺼냈다.

처음에 의사는 당황한 듯 보였다.

"글쎄, 진단서는 말이지…….'

"사실대로 써주시면 됩니다만.'

안타까웠다.

"이 배에선 진단서를 쓰지 못하게 되어 있네. 지들 멋대로 그렇게 정해놓은 것 같지만……. 나중에 뒤탈이 생겨서 말이야."

성질 급한 말더듬이 어부가 "쳇!" 하고 혀를 찼다.

"일전에 아사카와한테 얻어맞아서 귀가 들리지 않게 된 어부가 와서 아무 생각 없이 진단서를 써주었는데 그것 때문에 큰 사단이 났네. 아무리 아사카와라도 그게 언제까지고 증거로 남을 테니 말이야……."

그들은 선의의 방을 나오면서 선의도 역시 거기까지 가면 더 이상 '우리 편'이 아니라고 생각했다.

그러나 다친 어부는 '신기하게도' 그럭저럭 목숨은 건질 수 있었다. 그 대신 훤한 대낮에도 뭔가에 자꾸 걸려 넘어지고, 앞으로 고꾸라질 것 같은 깜깜한 구석에 드러누운 채 그 어부가 끙끙 앓는 소리를 몇 날 며칠이고 들어야 했다.

그가 회복되기 시작해서 앓는 소리가 모두를 괴롭히지 않게 되었을 때 전부터 자리보전하고 있던 각기병 어부가 죽었다. 스물일곱 살이었다. 도쿄 닛포리日暮里의 소개소에서 같이 온 그의 동료가 열 명쯤 있었다. 그러나 감독관은 다음 날 일에 지장이 있다며 일하지 못하는 '병에 걸린 사람들만' 밤새 빈소를 지킬 수 있게 했다.

더운물로 송장을 닦기 위해 옷을 벗기자 몸뚱이에서 구역질이 날 것 같은 지독한 악취가 풍겼다. 그리고 소름 끼칠 정도로 새하얗고 납작한 이가 놀라서 줄줄이 달아나기 시작했다. 비늘 모양의 때가 뒤덮고 있는 몸뚱이는 마치 소나무가 드러누워 있는 것 같았다. 가슴엔 갈비뼈가 앙상하게 드러나 있었다. 각기병이 심해지고 나서 자유로이 걸을 수 없게 되자 오줌 따위는 그 자리에서 싸버린 듯 지린내가 지독했다. 검붉게 색이 변한 훈도시와 셔츠는 집어 들자 황산이라도 뿌린 것처럼 부슬부슬 부서져 내릴 것만 같았다. 배꼽에는 때와 먼지가 가득 차서 배꼽이 아예 보이지 않았다. 항문 근처엔 똥이 말라서 진흙처럼 붙어 있었다.

"캄차카에서는 죽고 싶지 않아."

그는 죽을 때 그렇게 말했다고 한다. 그러나 그가 숨을 거두는 순간 그의 곁에서 임종을 지킨 사람이 어쩌면 아무도 없었을 수도 있다. 캄차카에서는 이처럼 누구나 온전한 죽음을 맞이하기가 여의치 않을 것이다. 어부들은 그때의 그의 기분을 생각하며 개중엔 목 놓아 우는 사람도 있었다.

시체를 닦는 데 쓸 더운물을 가지러 가자 요리사는 이렇게 말했다.

"가엾기도 하지. 많이 가져가게. 몸이 꽤 더러울 거야."

더운물을 가져오는 길에 감독관을 만났다.

"어디로 가져가는 거야?"

"시신을 닦을 물입니다."

"너무 낭비하지 마라."

감독관은 아직 할 말이 더 남은 듯 잠깐 머뭇거리다 그냥 지나갔다.

물을 가지고 돌아온 어부는 흥분해서 몸을 부르르 떨며 이렇게 말했다.

"아깐 정말 뒤에서 그 새끼 머리통에 이 뜨거운 물을 확 끼얹고 싶더라니까."

감독관은 집요하게 돌아다니며 모두의 동태를 살폈다. 그러나 사람들은 비록 내일 졸면서 일하다 앞으로 고꾸라질지언정, 가령 '태업'을 할지언정, 다들 밤을 새며 빈소를 지키기로 했다. 그렇게 정했다.

8시쯤에 그럭저럭 준비가 끝나서 향과 촛불에 불을 붙이고 다들 빈소 앞에 앉았다. 감독관은 끝내 오지 않았다. 그래도 선장과 선의는 한 시간쯤 앉아 있었다. 서툴지만 띄엄띄엄 경문을 기억하고 있던 어부는 사람들에게 마음만 통해도 된다는 말을 듣고 경을 외기로 했다.

경을 외는 동안 사방이 조용한 가운데 누군가 코를 훌쩍이기 시작했고 끝나갈 즈음에는 그런 사람이 몇 명 늘어나 있었다.

경을 다 외자 한 사람씩 돌아가며 분향을 했다. 그리고 끼리끼리 모여 앉아 동료의 죽음을 화제로 이야기를 시작해서 살아 있지만 잘 생각해보면 아슬아슬하게 목숨을 부지하고 있는 것이나 마찬가지인 자기들의 삶과 기타 등등을 이야기했다. 선장과 선의가 돌아가고 나서 말더듬이 어부가 향과 촛불이 켜져 있는 시체 옆의 탁자로 나아갔다.

"난 경을 욀 줄 몰라. 경을 외서 야마다山田의 영혼을 위로해주는 것은 할 수 없어. 하지만 난 곰곰이 생각해보고 나서 이런 결론을 내렸어. 야마다는 얼마나 죽기 싫었을까. 아니, 사실을 말하자면 얼마나 살해당하기 싫었을까, 하고 말이야. 야마다는 분명 살해당한 거야."

들고 있던 사람들은 뭔가에 억눌린 것처럼 조용해졌다.

"그럼 누가 죽였을까? 말할 필요도 없이 잘 알 거야! 난 경을 외서 야마다의 영혼을 위로해줄 수 없어. 하지만 우리는 야마다를 죽인 놈에게 복수를 해줌으로써 야마다를 위로해줄 순 있어. 이 일을, 지금이야말로 야마다의 영혼 앞에서 우리가 맹세해야 한다고 생각해⋯⋯."

선원들이었다. 맨 먼저 "그렇다."라고 말한 것은.

게 비린내와 사람들의 훈김으로 후텁지근한 '똥통' 안에서 향내가 마치 향수 냄새처럼 떠다녔다. 9시가 되자 잡역부가 돌아갔다. 피곤해서 졸고 있던 사람은 돌멩이가 들어 있는 가마니처럼 좀체 몸을 일으키지 못했다. 잠시 후 어부들도 하나둘 잠이 들었다.

파도가 일었다. 배가 흔들릴 때마다 촛불이 꺼질 듯 가늘어졌다가 다시 밝아지곤 했다. 시체의 얼굴 위에 덮어놓은 하얀 무명천이 벗겨질 것처럼 움직였다. 그러다 미끄러져 내렸다. 시체만 봐도 소름이 오싹오싹 끼쳤다. 선체 옆구리에 파도가 부딪히는 소리가 났다.

　다음 날 아침 8시가 지날 때까지 일하고 나서 감독관이 지목한 선원과 어부 네 명이 아래로 내려갔다. 어젯밤의 그 어부가 경을 외는 동안 네 명 외에 병에 걸려 대기하던 서너 명이 시체를 마대자루에 넣었다. 마대자루는 새것도 많았지만 감독관은 바로 바다에 던져버리는 것에 새 마대자루를 쓰는 것은 낭비라면서 새것을 쓰지 못하게 했다. 향도 배에 남아 있는 것이 없었다.

　"불쌍한 놈. 이래서야 정말 죽고 싶지 않았을 거야."

　쉬이 구부러지지 않는 시체의 팔을 모으면서 마대자루 속에 눈물을 떨어뜨렸다.

　"그만해. 눈물을 묻히면 안 돼."

　"어떻게든 해서 하코다테까지 데려다 줄 수 없을까? ……이 얼굴 좀 봐. 캄차카의 차가운 물속에는 들어가고 싶지 않다고 말하고 있잖아. 바다에 던져지다니 너무 외로워……."

　"같은 바다라도 여긴 캄차카야. 겨울이 되면…… 아니, 9월만 돼도 배 한 척 다니지 않고 얼어버리는 바다라고. 북쪽, 북쪽 끝에 있는!"

　"응, 응."

울고 있었다.

"게다가 말이야, 이렇게 자루에 넣는다는데, 고작 예닐곱 명이서. 삼사백 명이나 있는데 말이야!"

"우리는 죽어서도 변변한 대접을 못 받는 거야."

사람들은 한나절이라도 좋으니까 쉬게 해달라고 부탁했지만 전날부터 게가 많이 잡히는 바람에 허락되지 않았다.

"공과 사를 혼동하지 마."

감독관은 그렇게 말했다.

감독관이 '똥통'의 천장에서 얼굴만 내밀고 물었다.

"이제 다 됐지?"

그들은 어쩔 수 없이 '됐다.'고 대답했다.

"그럼 옮겨라."

"하지만 선장님이 그전에 조사를 읽어주기로 했습니다."

"선장? 조사?"

감독관은 비웃듯이 덧붙였다.

"멍청한 놈! 그렇게 한가한 짓을 할 틈이 있는 줄 아나?"

한가한 짓을 할 틈은 없었다. 게가 갑판에 산더미처럼 쌓여서 바닥을 기어 다니고 있었다.

마대자루는 갑판으로 옮겨져서 연어나 송어의 거적꾸러미처럼 선미에 매달려 있는 모터보트에 아무렇게나 실렸다.

"됐어?"

"그래."

모터보트가 움직이기 시작했다. 선미에서 물이 휘돌며 거품이 일었다.

"잘 가시게……."

"잘 가요."

"안녕."

"외로워도 참아야 해."

낮은 목소리로 중얼거렸다.

"그럼, 부탁하겠네."

모선에서 모터보트로 옮겨 탄 사람에게 부탁했다.

"그래, 알았어."

모터보트가 먼 바다로 멀어져 갔다.

"안녕……."

"가버렸구나."

"마대자루에 담겨서 가는 것은 싫어, 싫다고 하는 것 같아. 그런 모습이 눈에 보이는 듯해."

 게 잡이를 나갔던 어부들이 돌아왔다. 그리고 감독관이 '멋대로' 처리한 일을 들었다. 그 말을 듣고 화가 나기에 앞서 자신이, 시체가 된 자신의 몸뚱이가 깊고 어두운 캄차카 바닷속에 던져진 것처럼 소름이 돋았다. 다들 아무 말도 하지 않고 그대로 줄줄이 트랩을 내려갔다.

 "알았다, 알았어."

 입속말로 중얼거리면서 소금에 절어 축 늘어진 한텐을 벗었다.

8

겉으로는 아무런 표시도 나지 않았다. 눈치 채지 못하도록 손만 느릿느릿 움직였다. 감독관이 아무리 성깔을 부리고 매질을 하고 다녀도 대꾸도 안 하고 '얌전하게' 굴었다. 그렇게 하루걸러 되풀이했다. (처음엔 무서워서 흠칫흠칫했지만.) ⋯⋯그런 식으로 '태업'을 이어갔다. 수장水葬이 있고 나서 좀 더 행동이 통일되었다.

생산량은 눈에 띄게 줄었다.

중년을 넘긴 어부는 일을 시키면 제일 힘들어하면서도 '태업'에는 싫은 표정을 지었다. 그러나 내심(!) 걱정하던 일이 일어나지 않고, 이상하게도 '태업'이 오히려 잘 먹혀드는 모습을 보자 젊은 어부들이 하는 말에 따라 움직이기 시작했다.

난처한 것은 가와사키부네의 선임 어부였다. 가와사키부네에 대해서만큼은 그들에게 모든 책임이 있었고, 감독관과 일반 어부 사이에서 '어획량'을 놓고 감독관한테 바로 추궁을 당했다. 그래서 다른 누구보다도 힘든 처지였다. 마침내 그들 가운데 3분의 1만 '어쩔 수 없이' 어부들의 편이 되었고, 나머지 3분의 2는 감독관의 자그마한 '지점'이었다.

"그야, 피곤하지. 공장처럼 딱딱 일이 정해져 있는 것도 아니잖아. 상대는 생물이야. 게가 사람들의 편의를 봐주며 제시간에 맞춰서 잡히는 것도 아니고. 어쩔 수 없지."

완전히 감독관의 나팔수였다.

한번은 이런 일이 있었다. 똥통에서 잠자리에 들기 전에 어떤 이야기가 엉뚱한 방향으로 흘러갔다. 그때 불쑥 선임 어부가 잘난 척하며 말했다. 딱히 잘난 척한 것은 아니었지만 '일반' 어부가 듣기에는 화가 나는 말이었다. 게다가 선임 어부의 말상대인 일반 어부가 조금 취해 있었다.

"뭐라고?"

그는 느닷없이 고함을 질렀다.

"너 뭐야? 너무 잘난 척하지 않는 게 신상에 좋을 텐데. 게 잡이를 나갔을 때 우리 네다섯 명이 널 바닷속에 던져버리는 것쯤은 식은 죽 먹기야. 그럼 끝이거든. 여긴 캄차카라고. 네가 어떻게 죽든 아무도 몰라!"

선임한테 할 말이 아니었다. 그런데 쩌렁쩌렁한 목소리로 모두 들으라는 듯이 소리를 질렀다. 입을 여는 이가 아무도 없었다. 지금까지 하던 다른 이야기도 그의 말에 뚝 끊겨버렸다.

그러나 이 말은 그저 허세를 부리며 떠들어댄 단순한 빈말에 머무르지 않았다. 그것은 지금까지 '굴종'밖에 모르던 어부들을 뜻하지 않게 등 뒤에서 엄청난 힘으로 밀어서 앞으로 고꾸라뜨렸다. 어부들은 처음엔 당황한 듯 갈피를 잡지 못했다. 그것이 미처 몰랐던 자기 자신들의 힘이라는 것을 모르고.

그런 일을 '우리가' 할 수 있을까? 그럼, 당연히 할 수 있고말고.

그 사실을 깨닫고 나자 이번엔 이상야릇한 힘에 이끌려 반항적인 감정이 모두의 마음속에 파고들었다. 지금까지 너무나도 잔혹한 노동에 착취당했던 것이 오히려 그런 감정에 사로잡히는 데 더할 나위 없이 좋은 밑거름이 되었다.

이렇게 된 이상 감독관이고 뭐고 없다! 다들 유쾌했다. 한번 그런 기분이 들자 갑자기 손전등을 비춘 듯 자신들의 구더기 같은 생활이 또렷이 보이기 시작했다.

"잘난 척하지 마, 이 새끼야."

이 말은 사람들 사이에서 유행어가 되었다.

뭔 일이 있기만 하면 "잘난 척하지 마, 이 새끼야."라고 말했다. 다른 일에도 즉각 그 말을 썼다. 잘난 척하는 새끼는, 그러나 어부 중엔 한 명도 없었다.

그와 비슷한 일이 한두 번이 아니었다. 그럴 때마다 어부들은 더욱 절실히 깨달았다. 그리고 그런 일이 거듭되는 동안 어부들 사이에서는 그런 일에 늘 앞으로 나서는 자들이 서너 명 생겼다. 그것은 누가 정한 것이 아니고, 또 사실 정해진 것도 아니었다. 다만 무슨 일이 일어나거나 또 하지 않으면 안 되는 상황이 되거나 하면 그 서너 명의 의견이 모두와 일치했고, 그래서 다들 그들의 의견에 따라 움직이게 되었다. 학생 출신이 두 명 정도, 말더듬이 어부, '잘난 척하지 마' 어부 등이 그들이었다.

학생이 연필을 핥아가며 밤새 엎드려서 종이에 뭔가를 적었다. 바로 학생의 '제안'이었다.

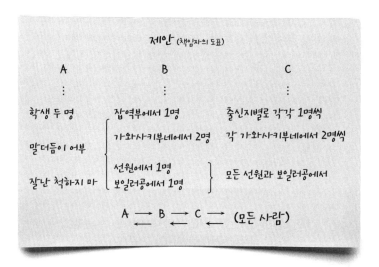

제안 (책임자의 도표)

A	B	C
⋮	⋮	⋮
학생 두 명	잡역부에서 1명	출신지별로 각각 1명씩
말더듬이 어부	가와사키부네에서 2명	각 가와사키부네에서 2명씩
잘난 척하지 마	선원에서 1명	모든 선원과 보일러공에서
	보일러공에서 1명	

A ⇄ B ⇄ C ⇄ (모든 사람)

학생은 이렇게 하면 어떤 문제든 걱정 없다고 말했다. 어떤 일이 A에서 일어나든, C에서 일어나든 전기보다 빠르게 실수 없이 '전체의 문제'로 삼을 수 있다고 으스댔다. 그리고 그 제안은 그대로 정해졌다. 그러나 실제로는 그렇게 쉽게 실행되지 않았다.

"죽고 싶지 않은 사람은 오라!"

그 학생 출신이 자주 말하는 선전 문구였다. 학생은 센고쿠戰國 시대의 무장 모리 모토나리毛利元就가 화살을 부러뜨린 이야기와 내무성 포스터에서 본 적 있는 '줄다리기'를 예로 들었다.

"우리들 네다섯 명만 있으면 선임 어부 한 사람쯤 바닷속에 던져버리는 건 식은 죽 먹기지. 힘냅시다."

"일대일로는 안 돼. 위험해. 하지만 저쪽은 선장을 비롯해서 이 놈저놈 다 합해봐야 열 명도 되지 않아. 그런데 우리는 사백 명에 가까워. 사백 명이 함께하면 이미 이긴 싸움이지. 열 명 대 사백 명! 덤빌 테면 덤벼보라고 해!"

그리고 마지막에 학생 출신은 이렇게 말했다.

"죽고 싶지 않은 사람은 오라!"

아무리 '얼간이'라도, '주정뱅이'라도 자기들이 초죽음이 될 정도로 가혹한 처우를 받으며 살고 있다는 것을 알고 있고, (실제로 눈앞에서 살해당한 동료가 있다는 것도 알고 있다.) 게다가 너무 힘든 나머지 가끔 '태업'을 했던 것도 의외로 효과가 있었기 때문에 학생 출신이나 말더듬이가 하는 말을 잘 들었다.

일주일쯤 전에 거센 폭풍우를 만나 모터보트의 스크루가 망가졌다. 그래서 그것을 수리하기 위해 잡역부장이 네다섯 명의 어부와 함께 배에서 내려 육지로 갔다. 그리고 그들이 돌아왔을 때 젊은 어부가 일본어로 인쇄된 '적화 선전'용 팸플릿과 전단지를 몰래 갖고 왔다. 그는 또 이런 말도 했다.

"많은 일본인이 이렇게 살고 있어."

팸플릿과 전단지에는 자기들의 임금과 노동시간의 길이, 회사에서 은밀하게 돈을 버는 부자들, 파업에 관한 이야기 등이 쓰여 있었기 때문에 다들 재미있어하면서 돌려가며 읽거나 서로에게 질문을 하곤 했다. 그러나 개중에는 거기에 쓰여 있는 글에 오히려 반발하며 이런 무서운 짓을 과연 '일본인'이 할 수 있겠느냐고 이의를 제기하는 자도 있었다.

하지만 "난 이게 사실이라고 생각해."라며 전단지를 들고 학생 출신에게 물어보러 오는 어부도 있었다.

"정말이야. 조금 부풀려지긴 했어도."

"그런데 이렇게라도 하지 않으면 아사카와의 성질머리가 고쳐질 일은 없겠지?"

누군가 이렇게 말하며 웃었다.

"게다가 저놈들한테는 더 심하게 당하고 있으니까 이건 당연한 거야!"

어부들은 엄청난 일이라고 말하면서 그 '적화 운동'에 호기심을 나타냈다.

폭풍우 때도 그렇지만 안개가 짙게 끼면 가와사키부네를 불러들이기 위해 모선에서는 끊임없이 기적을 울렸다. 넓게 울려 퍼지는 소 울음 같은 기적이 물처럼 짙은 안개 속에서 한 시간이고 두 시간이고 울렸다. 그러나 그래도 제대로 돌아오지 못하는 가와사키부네가 있었다. 그런데 그럴 때 일이 너무 힘들어서 일부러 방향을 잃은 척하며 캄차카에서 표류하는 배가 있었다. 그런 일이 은밀하게 가끔 일어났다. 러시아 영해로 들어가 게를 잡기 시작하면서 미리 육지로 방향을 정해놓으면 의외로 쉽게 표류할 수 있었다. 그런 자들 중에서도 '적화'에 대해 이야기를 듣고 오는 자가 있었다.

회사에서는 항상 어부를 고용하는 데 세심한 주의를 기울였다. 모집 지역의 촌장이나 경찰 서장에게 부탁하여 소위 '모범 청년'을 데리고 왔다. 노동조합 따위엔 관심이 없고, 시키는 대로 잘 따르는 노동자를 뽑았다. '빈틈없이' 모든 일이 순조로웠다!

그러나 게 가공선에서 하는 '일'이 지금은 정반대로 그들 노동자를 하나로 뭉쳐서 조직화하도록 만들었다. 아무리 '빈틈없는' 자본가라도 이렇게 상황이 엉뚱한 방향으로 흘러가리라곤 전혀 예상하지 못했다. 그것은 얄궂게도 미조직 노동자, 구제불능 '주정뱅이' 노동자를 일부러 모아서 단결하는 방법을 가르쳐주는 것이나 다름없었다.

9

감독관은 당황하기 시작했다.

어느덧 어기漁期가 끝나가고 있는데 게 어획량은 예년에 비해 눈에 띄게 줄었다. 다른 배의 상황을 들어보면 작년보다는 훨씬 실적이 좋은 듯했다. 2,000상자는 부족했다. 감독관은 이렇게 된 이상 지금처럼 '부처님' 행세를 하고 있어서는 안 되겠다고 생각했다.

모선은 이동하기로 했다. 감독관은 끊임없이 무전을 훔쳐들었고, 다른 배의 그물도 상관 않고 마구 끌어올렸다. 20해리쯤 남하하여 처음 끌어올린 그물에는 게가 잔뜩 걸려 있었다. 분명히

××호의 그물이었다.

"자네 덕분이네."

감독관은 그답지 않게 말하며 국장의 어깨를 두드렸다.

그물을 끌어올리다 들켜서 모터보트가 허둥지둥 도망쳐올 때도 있었다. 다른 배의 그물을 닥치는 대로 끌어올리기 시작하면서 작업이 갈수록 바빠졌다.

　　작업을 조금이라도 게을리 하는 모습을 봤을 때는 벌칙을 내린다.

　　조직을 만들어 게으름을 피운 자에게는 캄차카 체조를 시킨다.

　　벌칙으로 임금을 몰수한다.

　　하코다테에 돌아가면 경찰에 넘긴다.

　　만약 감독관에게 조금이라도 반항했을 때는 총살당할 줄 알라.

아시카와 감독관

잡역부장

이렇게 쓴 커다란 벽보가 공장 출구에 붙어 있었다. 감독관은 총알을 장전한 권총을 늘 지니고 있었다. 전혀 생각지도 못하고 있을 때 일하고 있는 사람들의 머리 위에서 갈매기나 배의 어딘 가를 조준해서 '시위'하듯 쏘았다. 움찔 놀라는 어부들을 보고 히죽히죽 웃었다. 그것은 사람들에게 어떤 순간이 되면 진짜로 쏴서 죽일 것 같은 불안감을 심어주었다.

선원과 보일러공도 남김없이 동원되었다. 감독관은 사람들을 멋대로 부려먹었다. 선장은 그러는 감독관에게 한 마디도 할 수 없었다. 선장은 '간판'에 지나지 않았다. 그것만으로도 한 사람의 역할은 충분했다.

일전에 이런 일이 있었다. 러시아 영해로 들어가서 게를 잡으려고 감독관은 선장에게 배를 영해 내로 몰도록 강요했다. 선장은 선장으로서의 공적인 입장 때문에 그런 짓은 할 수 없다고 버텼다.

"맘대로 해!"

"부탁 안 해!"

감독관 등은 자기들 마음대로 배를 러시아 영해 내로 움직였다. 그런데 그것이 러시아의 감시선에 발각되어 추격을 당했다.

그리고 심문을 받게 되어 선장이 당황한 나머지 횡설수설하고 있을 때 감독관은 '비겁하게도' 꽁무니를 뺐다.

"배와 관련된 모든 일은 마땅히 선장이 대답해야 하니까……."

그렇게 말하며 감독관은 선장의 등을 떠밀었다. 이런 일 때문에 간판이 필요했다. 그것만으로도 충분했다.

그 일이 있고 나서 선장은 배를 하코다테로 돌리려고 몇 번이나 생각했다. 그러나 그렇게 하지 못하게 하는 힘이, 자본가의 힘이 역시 선장을 붙잡고 있었다.

"이 배 전체가 회사 소유다, 알았나!"

으하하하, 감독관은 입을 세모꼴로 일그러뜨리며 거침없이 큰 소리로 웃었다.

'똥통'으로 돌아오자 말더듬이 어부는 천장을 향해 벌렁 드러누웠다. 분해서, 너무 분해서 참을 수가 없었다. 어부들은 그와 학생들 쪽을 안됐다는 듯이 쳐다보았지만, 한마디 말조차 할 수 없을 정도로 녹초가 되어 찌부러져 있었다. 학생이 만든 조직도 쓸모없는 종잇조각처럼 아무 도움이 되지 못했다. 그런데도 학생은 비교적 기운이 남아 있었다.

"무슨 일이 생기면 들고일어나는 거야. 그 대신 그 무슨 일이라는 것을 제대로 파악해야 해."

학생은 그렇게 말했다.

"이런데도 들고일어날 수 있을까?"

'잘난 척하지 마' 어부였다.

"있을까? 멍청이. 우린 사람 수가 많아. 무서울 것 없다구. 더구나 저놈들이 터무니없는 짓을 하면 할수록 지금이야 안으로 꾹꾹 누르며 참고 있지만, 화약보다도 더 센 불평과 불만이 사람들의 가슴속에는 찰 대로 차게 돼 있어. 난 거기에 기대를 걸고 있다구."

"준비들은 하고 있을까?"

'잘난 척하지 마'는 '똥통' 안을 천천히 둘러보았다.

"그런 놈들이 있을까? 뭐든지 말이야……."

그는 푸념을 늘어놓았다.

"우리가 먼저 푸념부터 한다면 이미 끝난 거야."

"잘 봐, 너밖에 없어. 기력이 남아 있는 사람은. 이번에 사건이 일어나봐, 목숨을 걸어야 해."

학생은 표정이 어두워지며 이렇게 말했다.

"그러게."

감독관은 수하를 데리고 야간 순찰을 세 번이나 돌았다. 그는 서너 명만 모여 있어도 화를 냈다. 그러고도 아직 부족했는지 몰래 자기 수하를 '똥통'에서 자게 했다.

단지 '쇠사슬'이 눈에 보이지 않을 뿐이었다. 사람들은 걸을 때도 실제로 굵은 쇠사슬을 끌고 다니는 것처럼 걸음이 천근만근 무거웠다.

"난 틀림없이 살해당할 거야."

"응, 그래도 어차피 살해당한다는 걸 알았으니 그땐 들고일어서야지."

"멍청한 놈."

시바우라에서 온 어부가 옆에서 호통을 쳤다.

"살해당한다는 걸 알았으니? 이 바보야, 그게 언젠데? 지금 살해당하고 있잖아. 조금씩 조금씩 말이야. 저놈들은 선수야. 권총은 당장이라도 쏠 것처럼 항상 지니고 있지만, 그런 경솔한 짓은 쉽게 하지 않아. 그건 우릴 겁주려는 '수단'이라고. 알겠어? 그놈들이 우릴 죽이면 자기들만 손해야. 목적은…… 진짜 목적은 우리를 부려먹을 대로 부려먹으며 기름틀에 넣고 쪽쪽 짜내듯이 돈을 왕창 버는 거야. 지금 우리는 날마다 그렇게 당하고 있다고.

어때? 엉망진창인 우리 꼴이. 마치 누에한테 갉아 먹히는 뽕나무 잎처럼 우리 몸이 죽어가고 있다고."

"그렇군!"

"맞아, 이런 좆 같은 경우가."

그는 두툼한 손바닥에 담배 불을 비벼 껐다.

"자, 잠깐만. 지금…… 에이, 씨팔!"

남쪽으로 너무 많이 내려와서 몸집이 작은 암케만 잔뜩 잡히는 바람에 장소를 북쪽으로 옮기게 되었다. 그래서 다들 잔업을 하게 되어 (오랜만에!) 조금 일찍 일이 끝났다.

다들 '똥통'으로 내려왔다.

"기운이 없어 보여."

시바우라에서 온 어부였다.

"이 다리를 보게. 후들거려서 계단을 내려올 수가 없어."

"안됐군. 그래도 여전히 죽을힘을 다해서 일하려고 했겠지?"

"누가? ……어쩔 수 없잖아."

시바우라가 웃었다.

"죽임을 당할 때도 어쩔 수 없다고 할 텐가?"

"……"

"어쨌든 이대로 간다면 넌 고작 사오 일이야."

상대는 순간 불쾌한 표정을 지으며 누렇게 뜬 한쪽 볼과 눈살을 찌푸렸다. 그리고 말없이 자신의 선반으로 가더니 가장자리에 다리를 늘어뜨리고 걸터앉아 손날로 무릎을 두드렸다.

그 아래에서 시바우라가 손을 흔들면서 말하고 있었다. 말더듬이가 그 말에 몸을 흔들면서 맞장구쳤다.

"……들어봐, 그러니까 가령 부자가 돈을 내서 만든 배가 있다고 치자고. 선원과 보일러공이 없으면 배가 움직일까? 바닷속에 게가 수억 마리가 있어. 만약에 만반의 준비를 하고 여기까지 왔는데 우리가 일을 하지 않는다면 부자가 돈을 냈다고 해도 과연 게가 한 마리라도 부자의 수중에 들어갈까? 우리가 여기서 여름한 철 일한 걸로 돈이 도대체 얼마나 들어올까? 그런데 부자는 이 배 한 척으로 순수하게 손에 넣는 게 4, 50만 엔이야. 자, 그렇다면 그 돈이 어디서 나오느냐인데, 무에서 유가 창조되지는 않아. 알았어? 모두 우리의 힘이야. 그러니까 그렇게 지금 당장이라도 죽을 것 같은 우울한 표정은 짓고 있지 말라는 거야. 더 힘을 내자구. 갈 데까지 가면, 거짓말이 아니야, 저놈들이 우릴 더무서워할 거야. 벌벌 떨지 마. 선원과 보일러공이 없으면 배는 움직이지 못해. 노동자가 일하지 않으면 땡전 한 푼도 부자의 호주머니에는 들어가지 않아. 아까 말한 배를 사거나 장비를 마련하는 돈도 마찬가지로 다른 노동자의 피와 땀이 벌어다 준 거야. 우리의 피와 땀이 만들어준 돈이라구. 부자와 우리는 부모와 자식 같은 사이야."

감독관이 들어왔다.

다들 바닥에 앉은 채 부스럭부스럭 움직이기 시작했다.

10

　유리처럼 차갑고 티끌 하나 없이 투명한 공기였다. 2시에 벌써 날이 밝았다. 길게 이어진 캄차카의 산봉우리가 금자색으로 반짝이며 바다에서 두세 치 높이로 지평선을 따라 남쪽으로 뻗어 있었다. 일렁이는 작은 파도가 아침 해를 받아 새벽녘답게 차갑게 빛났다. 파도는 뒤섞이며 부서지고, 번갈아가며 부서졌다. 그때마다 반짝반짝 빛났다. 갈매기는 어디 있는지 울음소리만 들리고 있었다. 상쾌하고 추웠다. 화물을 덮어놓은 돛천 덮개가 이따금 펄럭였다. 어느새 바람이 불고 있었다.

　한텐 소매에 팔을 집어넣으면서 어부가 계단을 올라와 해치에서 고개를 내밀었다. 그리고 고개를 내민 채 쥐어짜내듯 소리쳤다.

"아, 토끼가 날고 있어. 이거 큰 폭풍이 올 것 같은데."

삼각형 파도가 일고 있었다. 캄차카 바다에 익숙한 어부는 그것이 무엇을 뜻하는지 바로 안다.

"위험하니까 오늘은 쉬겠네."

한 시간쯤 지났다.

어부들이 가와사키부네를 내리는 윈치 아래에 일고여덟 명씩 군데군데 무리를 지어 모여 있었다. 가와사키부네는 어느 것이나 반쯤 내려진 채 중간에서 흔들리고 있었다. 그들은 어깨를 흔들어대면서 바다를 보며 서로 이야기를 나누고 있었다.

잠시 후였다.

"중지, 작업 중지!"

"똥이나 처먹여주자!"

누군가 그렇게 말하기를 다들 기다리고 있었다는 듯한 모습이었다.

서로 어깨를 밀면서 누군가 말했다.

"어이, 다시 끌어올려!"

"그래."

"그래, 그래!"

그들 중 한 명이 눈살을 찌푸리고 윈치를 올려다보면서 머뭇머뭇 말했다.

"그래도 어떻게……."

마침 그 옆을 지나가려던 어부가 자신의 한쪽 어깨를 치켜세우며 툭 던지듯 말했다.

"죽고 싶으면 혼자 가!"

다들 한데 뭉쳐서 걷기 시작했다. 누군가 작은 목소리로 말했다.

"정말 괜찮을까?"

두어 명이 어영부영 뒤처졌다.

다음 윈치 아래에도 어부들이 작업을 멈추고 서 있었다. 그들은 제2호 가와사키부네의 무리가 자기들 쪽으로 걸어오는 것을 보고 그 의미를 알았다. 네다섯 명이 소리를 지르며 손을 흔들었다.

"중지, 작업 중지!"

"그래, 중지다!"

그 두 무리가 합쳐지자 힘이 솟았다. 어떻게 해야 할지 몰라서 뒤처진 두어 명은 눈부신 듯 이쪽을 보며 서 있었다. 다들 제5호 가와사키부네가 있는 곳에서 다시 하나가 되었다. 그들을 보고 뒤처진 사람들은 투덜거리면서 뒤따라오기 시작했다.

말더듬이 어부가 뒤를 돌아보고 큰 소리로 외쳤다.

"정신들 바짝 차려!"

어부들의 집단이 눈덩이처럼 점점 커졌다. 학생과 말더듬이는 사람들의 앞쪽과 뒤쪽을 왔다 갔다 쉴 새 없이 뛰어다녔다.

"잘 들어, 무리에서 절대 떨어지지 마! 그게 가장 중요해. 이제 괜찮아, 이제!"

굴뚝 옆에서 빙 둘러앉아 밧줄을 손질하던 선원이 몸을 일으키며 소리쳤다.

"어이, 어떻게 된 거야?"

어부들은 그쪽을 향해 손을 흔들며 와아 함성을 질렀다. 위에서 내려다보고 있는 선원들에게는 그 모습이 숲이 일렁이는 것처럼 보였다.

"좋아, 다들 작업 중지!"

선원들은 밧줄을 부리나케 정리하기 시작했다.

"기다리고 있었다!"

그 뜻을 어부들은 금방 알았다. 다시 한 번 와아 함성이 일었다.

"우선 똥통으로 돌아가자."

"그러자구. 잔인한 놈이야. 분명히 큰 폭풍이 올 것을 알면서도 배를 내보내려고 하다니. 살인마 같은 놈!"

"그런 놈한테 죽임을 당하는 건, 참을 수 없는 일이지!"

"이번에야말로 각오해라!"

한 사람도 남기지 않고 똥통으로 돌아왔다. 개중에는 '어쩔 수 없이' 따라온 사람도 있기는 했다.

모두가 우르르 몰려들자 어두컴컴한 곳에서 자고 있던 병자가 깜짝 놀라 나무판자 같은 상반신을 일으켰다. 이유를 설명하자 병자는 금방 눈에 눈물이 그렁그렁해져서 몇 번이나 고개를 끄덕였다.

말더듬이 어부와 학생이 기관실의 줄사다리 같은 트랩을 내려갔다. 서두르기도 했지만 익숙하지 않아서 몇 번이나 발을 헛디뎌 위험한 상황에서 간신히 손으로 잡고 매달렸다. 기관실 안은 보일러의 열기로 후텁지근한 데다 어두웠다. 그들은 온몸이 금방 땀으로 흠뻑 젖었다. 보일러 위의 난로 불판 같은 곳을 건너 또다시 트랩을 내려갔다. 밑에서 뭐라고 큰소리로 얘기하는 소리가 시끄럽게 울리고 있었다. 지하 수십 미터가 넘는 지옥 같은 수직 갱도를 처음 내려가는 것 같은 섬뜩함을 느꼈다.

"이것도 고된 일이네."

"그러게. 게다가 또 가, 갑판으로 끌려나와, 게, 게를 손질하게 되면 주, 죽을 맛이겠지."

"됐어. 보일러공도 우리 편이야!"

"그래, 됐어!"

트랩을 타고 보일러의 몸통을 내려갔다.

"앗 뜨거, 뜨거워서 못 참겠어. 인간 훈제가 될 것 같아."

"장난이 아니군. 지금은 불을 때지 않는데도 이 정돈데 불을 때면 어떨까?"

"어떨까, 정말?"

"인도양을 건널 때는 삼십 분마다 교대를 하는데도 풀썩풀썩 쓰러졌다는 거야. 무심코 불평하던 인부가 삽으로 죽도록 얻어맞고 결국 보일러 속에 던져진 적도 있대. 그래도 자기도 모르게 불평하고 싶어질걸."

"맞아……."

보일러 앞에서는 끄집어낸 석탄재에 물이라도 뿌렸는지 먼지가 자욱하게 일어나고 있었다. 그 옆에서 거의 벌거벗은 보일러 공들이 담배를 피우면서 무릎을 안고 이야기하고 있었다. 그 모습은 마치 어슴푸레한 어둠 속에서 웅크리고 앉아 있는 고릴라처럼 보였다. 석탄고 입구가 반쯤 열린 채 썰렁하고 캄캄한 내부를 으스스하게 보여주고 있었다.

"어이."

말더듬이가 말을 걸었다.

"누구야?"

보일러공들이 위를 올려다보았다. 그 소리가 '누구야, 누구야, 누구야.' 하고 세 번쯤 메아리가 되어 울렸다.

말더듬이와 학생이 그곳으로 내려갔다. 그들을 알아보고 한 보일러공이 소리쳤다.

"길을 잘못 찾은 거 아닌가?"

"파업을 일으켰어."

"파업이 어쨌다구?"

"파업이라고, 파업을 일으켰다구."

"드디어 일을 벌였구나!"

"그랬군. 이대로 불을 팍팍 때서 하코다테로 돌아가면 어떨까?

재미있을 것 같은데."

말더듬이는 '옳다구나.' 하고 생각했다.

"그러니까 모두 힘을 모아서 빌어먹을 놈들한테 따지러 몰려 가자는 거야."

"어이쿠야."

"어이쿠야가 아니고 하자는 거야."

학생이 끼어들었다.

"그래, 알았어. 미안. ……하자, 하자구."

보일러공이 석탄재로 하얘진 머리를 긁었다.

모두 웃었다.

"너희들 쪽은 너희들끼리 전부 하나로 모여주면 좋겠어."

"응, 알았어. 우리 쪽은 괜찮아. 언제든 한 놈쯤은 흠씬 패줘야 겠다고 생각하는 사람들뿐이니까."

보일러공 쪽은 이것으로 됐다.

잡역부들은 전부 어부들이 모여 있는 곳으로 끌려 들어왔다. 한 시간쯤 지나자 보일러공과 선원 들도 가세했다. 모두 갑판에 모였다. '요구조항'은 학생, 말더듬이, 잘난 척하지 마가 모여서 정했다. 그것을 모두가 보는 앞에서 놈들에게 들이대기로 했다.

감독관과 그 일당들은 어부들이 소동을 일으키려는 낌새를 알아채고 어디론가 숨어서 전혀 모습을 보이지 않았다.

"일이 묘하게 흘러가는데."

"이거 재밌게 됐는걸."

"권총을 가지고 있어도 이렇게 되면 무용지물이야."

말더듬이 어부가 조금 높은 곳으로 올라섰다. 사람들은 박수를 쳤다.

"여러분, 드디어 때가 왔습니다. 오랫동안, 너무나 오랫동안 우린 기다렸습니다. 우리는 초죽음이 되면서도 참고 기다렸습니다. 어디 두고 보자며. 그러나 마침내 때가 되었습니다. 여러분, 우선 첫째로 우리는 힘을 합쳐야 합니다. 우리는 무슨 일이 있어도 동료를 배신해선 안 됩니다. 이 원칙만 철저하게 지키면 저놈들을 뭉개버리는 것은 벌레를 죽이는 것보다 쉬운 일입니다. 그럼 두 번째는 무엇인가. 여러분, 두 번째도 힘을 합하는 것입니다. 낙오자가 한 명도 나와서는 안 된다는 것입니다. 한 명의 배신자, 한 명의 배반자도 나와서는 안 됩니다. 단 한 명의 배반자가 삼백 명의 목숨을 앗아간다는 것을 알아야 합니다. 한 명의 배반자……."

"알았다, 알았어."

"괜찮아."

"걱정하지 말고 싸워줘."

사방에서 저마다 한마디씩 했다.

"우리의 요구가 저놈들에게 먹혀들지 어떨지, 그 여부는 오로지 여러분의 단결력에 달려 있습니다."

이어서 보일러공 대표와 선원 대표가 올라와 섰다. 보일러공 대표는 평소 한 번도 말한 적이 없는 말을 하기 시작하면서 어쩔 줄을 몰라 했다. 말문이 막힐 때마다 얼굴이 벌개져서 작업복의 소매를 잡아당기기도 하고 닳아서 해진 구멍에 손을 넣기도 하면서 안절부절 못했다. 그 모습을 보고 사람들은 갑판을 발로 구르면서 웃었다.

"……나는 더는 안 되겠어. 그러나 여러분 저놈들은 박살을 냅시다!"

보일러공 대표는 단상에서 내려왔다.

사람들이 일부러 크게 박수를 쳤다.

"그 말만은 잘했다."

뒤에서 누가 놀렸다. 그 말에 사람들은 일제히 웃음을 터뜨렸다.

보일러공 대표는 한여름에 보일러 작업용 긴팔 셔츠를 입었을 때보다도 더 많은 땀을 흘리며 비틀비틀 걸음을 옮겼다. 갑판으로 내려온 그는 "내가 뭐라고 했지?"라며 동료에게 물었다.

"좋아, 잘했어."

학생이 그의 어깨를 두드리며 웃었다.

"너 때문이야. 난 없어도 된다고 했잖아……."

"여러분, 우리는 오늘이 오기를 기다리고 있었습니다."

단상에는 열대여섯 살 먹은 잡역부가 서 있었다.

"여러분도 알다시피 우리 친구들이 이 배 안에서 얼마나 많은 고통에 시달리며 초죽음이 되었습니까. 밤마다 얇은 이불을 뒤집어쓰고 집 생각을 하면서 우린 엄청 울었습니다. 이 자리에 모여 있는 잡역부 중에 누구에게든 물어보십시오. 하룻밤이라도 울지 않는 사람이 없습니다. 그리고 또 한 사람도 몸에 상처가 없는 사람이 없습니다. 이제 이런 일이 사흘만 지속되면 틀림없이 죽는 사람도 생길 것입니다. 조금이라도 돈이 있는 집이라면 아직 학교를 다니며 천진난만하게 뛰어놀 나이인 우리가 이렇게 멀리……. (목소리가 잠기며 말을 더듬었다. 잠시 감정을 억누르는 듯 말이 없었다.) 그러나 이젠 됐습니다. 괜찮습니다. 어른

들이 도와줘서 우리는 너무나 미운 저놈들에게 복수를 할 수 있게 되었습니다."

그의 말은 우레와 같은 박수를 불러일으켰다. 열렬히 박수를 치면서 두꺼운 손가락 끝으로 눈가를 슬쩍 훔치는 중년을 넘긴 어부도 있었다.

학생과 말더듬이는 모든 사람들의 이름이 적힌 서약서를 돌리고 날인을 받으러 다녔다.

학생 둘, 말더듬이, 잘난 척하지 마, 시바우라, 보일러공 셋, 선원 셋이 '요구조항'과 '서약서'를 가지고 선장실로 가기로 했고, 그때 밖에서는 시위를 벌이기로 결정했다. 육지의 경우처럼 사는 곳이 뿔뿔이 흩어져 있지 않은 데다 사전 준비가 충분히 되어 있었기 때문에 그 이후로는 일이 착착 진행되었다. 거짓말처럼 너무나 순조롭게 진행되었다.

"별일이네. 어째서 저놈들은 코빼기도 안 보이지?"

"단단히 화가 나서 권총이라도 쏠 줄 알았는데."

그 자리에 모인 300명의 노동자들은 말더듬이의 선창으로 일제히 '파업 만세'를 세 번 외쳤다.

"감독관이란 놈은 이 소리를 듣고 벌벌 떨고 있겠지?"

학생이 이렇게 말하며 웃었다.

대표들은 선장실로 밀고 들어갔다.

감독관은 한 손에 권총을 든 채 대표들을 맞이했다. 선장, 잡역 부장, 공장 대표…… 등이 지금까지 뭔가를 상의했다는 것을 확실히 알 수 있는 모습으로 그들을 맞이했다. 감독관은 침착했다.

"기어이 저질렀군."

대표들이 들어가자 감독관은 히죽거리며 말했다.

밖에서는 300명이 한꺼번에 함성을 지르며 쿵쿵 발을 구르고 있었다.

"시끄러운 놈들이야!"

감독관은 낮은 목소리로 말했다. 그러나 그 소리엔 신경도 안 쓰는 모습이었다. 그는 대표들이 흥분해서 말하는 것을 다 들은 뒤 '요구조항'과 300명의 '서약서'를 형식적으로 대충 훑어보더니 맥이 빠질 정도로 느릿느릿 말했다.

"후회하지 않겠나?"

"뭐, 이 새끼야!"

말더듬이가 느닷없이 감독관의 면상을 후려칠 듯한 자세로 화를 냈다.

"그래? 좋아. 후회하지 않는다는 거군."

감독관은 그렇게 말하고 나서 태도가 확 바뀌었다.

"자, 잘 들어. 내일 아침이 되기 전에 너희들이 원하는 답을 해 줄 테니까⋯⋯."

그러나 말보다 주먹이 빨랐다. 시바우라가 감독관이 들고 있는 권총을 쳐서 떨어뜨리고 주먹으로 얼굴을 때렸다. 감독관이 깜짝 놀라서 얼굴을 감싼 순간 말더듬이가 버섯처럼 생긴 둥근 의자로 감독관의 다리를 내리쳤다. 감독관은 테이블에 걸려 맥없이 쓰러졌다. 그 위로 테이블이 뒤집혀서 덮쳤다.

"원하는 답이라고? 이 새끼야, 장난치지 마! 우리한텐 목숨이 걸린 문제야!"

시바우라는 넓은 어깨를 험악하게 움직였다. 선원, 보일러공, 학생이 두 사람을 말렸다. 선장실의 창문이 무시무시한 소리를 내며 깨졌다. 그 순간 "죽여라!" "때려 죽여!" "때려눕혀! 아작을 내라구!"라고 밖에서 고함치는 소리가 갑자기 커지며 똑똑하게 들려왔다. 선장과 잡역부장, 공장 대표는 어느새 한쪽 구석에 모여서 말뚝처럼 뻣뻣하게 서 있었다. 낯빛이 하얗게 질려 있었다.

어부와 선원, 보일러공 들이 문을 부수고 눈사태가 난 것처럼 밀고 들어왔다.

　점심때가 지나 바다에 일던 큰 폭풍은 저녁때가 되면서 점점 잦아들었다.

　'감독관을 때려눕힌다.'

　그런 일을 어떻게 할 수 있을까, 그렇게 생각했었다. 그런데 자기들의 '손'으로 그 일을 해냈다. 감독관은 평소 위협용으로 가지고 다니던 권총조차 쏘지 못했다. 사람들은 흥분으로 들썩였다. 대표자들은 머리를 맞대고 앞으로의 일에 대해 이런저런 대책을 상의했다. '원하는 답'이 나오지 않으면 '끝장 내주겠다!'라고 생각했다.

　어둠이 깔리기 시작할 때였다. 해치 입구에서 보초를 서던 어부가 구축함이 다가온 것을 보았다. 그는 황급히 '똥통'으로 뛰어왔다.

　"당했다!"

　학생 한 명이 용수철처럼 펄쩍 뛰어올랐다. 낯빛이 순식간에 변했다.

　"착각하지 마."

말더듬이가 웃기 시작했다.

"지금 우리의 상태와 처지, 그리고 요구 등을 장교들에게 상세히 설명해서 도움을 받는다면 오히려 이 파업은 우리에게 유리하게 해결할 수 있어. 자명한 일이야."

다른 사람도 "그건 그래."라며 동의했다.

"우리나라의 군함이야. 우리 국민들의 편이라고."

"아니, 아니야……."

학생이 손을 흔들었다. 꽤 충격을 받은 듯 입술을 바르르 떨면서 말까지 더듬었다.

"국민의 편이라고? ……아니, 아니야……."

"바보처럼 굴지 마! 한 나라의 군함이 국민의 편이 아니라는, 그런 이치에 맞지 않는 일이 있을 것 같나!?"

"구축함이 왔다!"

"구축함이 왔다!"

그런 흥분이 학생의 말을 묵살해버렸다.

다들 '똥통'에서 갑판으로 우르르 뛰어 올라갔다. 그리고 한목소리로 느닷없이 "제국 군함 만세!"라고 외쳤다.

트랩의 승강구에는 얼굴과 손에 붕대를 감은 감독과 선장이

마주 서고, 말더듬이, 시바우라, 잘난 척하지 마, 학생, 선원, 보일러공 등이 나란히 섰다. 어슴푸레해서 잘 보이지 않았지만 구축함에서는 세 척의 작은 증기선이 출발해서 모선 옆에 붙었다. 열대여섯 명의 수병이 가득 타고 있었다. 그들이 한꺼번에 트랩을 올라왔다.

앗! 착검을 하고 있지 않은가! 게다가 턱끈까지 하고 있다!

'당했다!'

마음속으로 그렇게 소리친 것은 말더듬이였다.

다음 증기선에서도 열대여섯 명. 그 다음 증기선에서도 총 끝에 착검을 하고 턱끈을 맨 수병들! 그들은 해적선에 뛰어들기라도 하듯 우르르 올라와서 어부와 선원, 보일러공 들을 에워쌌다.

"당했다! 제기랄, 우리가 당했어."

시바우라도, 선원과 보일러공 대표도 그제야 소리쳤다.

"저 꼴 좀 봐라!"

감독관이었다. 파업이 일어났을 때부터 감독관이 보인 이상한 태도가 비로소 이해되었다. 그러나 이미 늦었다. 묻지도 따지지도 않는다. '패륜아' '불충한 놈' '로스케를 흉내 내는 매국노'라고 매도당하며 대표자 아홉 명이 총검의 위협 아래 구축함으로 호송되었다. 그것은 다들 영문도 모른 채 멍하니 바라보고 있는 동안 순식간에 벌어진 일이었다. 옳고 그름은 전혀 따지지 않았다. 신문지 한 장이 타 없어지는 것을 보고 있는 것보다 더 어이없었다.

간단히 '정리'되었다.

"우리에겐 우리 말고는 같은 편이 없어. 이제야 알았어."

"우리 군함 좋아하네. 허풍이나 떠는 부자들의 앞잡이잖아. 국민의 편? 웃기고 자빠졌네. 똥이나 처먹어라!"

수병들은 만일의 사태를 대비하여 사흘 동안 모선에 머물렀다. 그동안 상관들은 매일 밤 객실에서 감독관 일행과 함께 술판을 벌였다.

'그런 거구나.'

아무리 어부들이라도 이번 일로 인해 '누가 적'인지, 그리고 그들이 (전혀 뜻밖이지만!) 어떤 식으로 서로 연결되어 있는지를 겨우 알게 되었다.

해마다 어기가 끝날 무렵이면 천황에게 바칠 '헌상품'으로 게 통조림을 만드는 것이 관례다. 그러나 '괘씸하게도' 늘 특별히

'목욕재계'를 하고 만드는 것은 아니었다. 그때마다 어부들은 감독관이 너무 심하게 일을 시킨다고 생각했다. 하지만 이번엔 달랐다.

'이건 우리의 진짜 피와 살을 짜내서 만드는 거야. 흥, 분명 맛이 있을걸. 먹고 나서 복통이나 일으키지 않으면 다행이지.'

다들 그런 마음으로 만들었다.

"돌멩이라도 넣어둬라! 뭔 일 있겠어?"

'우리에겐 우리 말고는 같은 편이 없다.'

지금은 이 말이 모두의 마음속 깊이, 아주 깊숙한 곳에 새겨져 있었다.

'어디 두고 보자!'

그러나 '두고 보자'고 골백번을 되씹어보았자 그게 무슨 소용이겠는가. 파업이 무참히 깨지고 나서 작업은 상상을 초월할 정도로 가혹해졌다. 그것은 지금까지의 가혹함에 감독관의 복수가 더해진 가혹함이었다. 한계라는 것의 그 한계치를 넘어섰다. 이제는 더 이상 견딜 수 없는 지경까지 와 있었다.

"잘못 생각했어. 그때 아홉 명의 대표를 아홉 명 모두 밖으로 내보내는 게 아니었어. 마치 우리의 급소는 여기다 하고 알려준 것이나 마찬가지야. 우리들 모두는 모두가 하나라는 식으로 행동했어야 했어. 그랬으면 감독관도 구축함에 무전은 칠 수 없었을 거야. 설마 우리 모두를 넘겨버릴 순 없었을 테니까. 일을 할 수 없게 되잖아."

"그러네."

"그렇다니까. 이번엔 정말이지 이대로 계속 일하다가는 우리 모두 죽고 말거야. 희생자가 나오지 않도록 모두 함께 태업을 하는 거야. 요전에 했던 것과 같은 방법으로. 말더듬이가 말했잖아. 무엇보다도 힘을 합쳐야 한다고. 게다가 힘을 합치면 어떤 일을 할 수 있었는지도 다들 알고 있을 거야."

"그래도 만약에 또 구축함을 부르면 우리 모두 그때야말로 힘을 합쳐서 한 명도 남기지 않고 잡혀가자고! 그 편이 오히려 우리가 살 수 있는 방법이야."

"그럴지도 몰라. 하지만 생각해보면 그런 일이 일어나면 감독관이 제일 당황할 거야, 회사의 사정을 생각하면 말이야. 대신할 사람들을 하코다테에서 모아오기에도 너무 늦고, 생산량도 터무니없이 적고. ……잘하면 이게 의외로 괜찮을 것 같아."

"괜찮을 거야. 게다가 다들 이상할 정도로 무서워하지 않아. 모두가 화가 나 있어."

"사실 성공하느냐 못하느냐 그런 앞으로의 가망성 따위는 아무래도 상관없어. 죽느냐 사느냐의 문제이니까."

"그래, 한 번 더 하는 거야!"

그리고 그들은 일어섰다. 다시 한 번 더!

덧붙이는 말

그 후의 일에 대해 두세 가지 덧붙인다.

하나, 두 번째 완전한 '태업'은 완벽하게 성공했다. '설마' 하고 방심하고 있던 감독관은 정신없이 무전실로 뛰어갔지만 문 앞에서 어쩔 줄을 모르고 쩔쩔 매기만 했다.

둘, 어기가 끝나 하코다테로 귀항했을 때 '태업'을 하거나 파업을 한 배는 핫코 호만이 아니었다. 두세 척의 배에서 '적화 선전'용 팸플릿이 나왔다.

셋, 그 후 감독관과 잡역부장 등은 어기 중에 파업과 같은 불상사를 일으키는 원인을 제공하여 생산량에 막대한 영향을 끼

첬다는 이유로 회사에서 땡전 한 푼도 받지 못하고 무자비하게 (어부들보다도 처참하게!) 쫓겨났다. 재미있는 것은 "아아, 분하다! 내가 지금까지, 빌어먹을, 속고 있었구나!"라고 감독관이 절규했다는 것이다.

넷, 그리고 '조직'과 '투쟁'이라는, 처음 알게 된 이 위대한 경험을 하고 나서 어부와 젊은 잡역부 등이 경찰서 문을 나와 다양한 노동 계층으로 각각 파고들었다.

— 이 한 편의 작품은 '식민지에서 자행된 자본주의 침입사'의 한 페이지이다. (1929년 3월 30일)

일본 프롤레타리아 문학의 걸작 〈게 가공선〉

전설全說

〈게 가공선〉은 고바야시 다키지의 가장 뛰어난 작품일 뿐만 아니라 자본가들의 돈벌이 수단으로 이용되며 노예나 다름없이 가혹한 대우를 받던 노동자 문제를 본격적으로 다룬 일본 프롤레타리아 문학의 걸작이다.

1929년《센키戰旗》 5, 6월호를 통해 세상에 처음 소개된 이 소설은 80여 년이 지난 지금까지도 일본인들 사이에서 꾸준한 사랑을 받고 있는 것은 물론 영어, 러시아어, 이탈리아어, 중국어, 프랑스어, 스페인어, 한국어 등 세계 각국의 언어로 번역되어 널리 읽히고 있다. 또 1930년에 신 쓰키지 극단新築地劇団이 〈북위 50도

이북〉으로 제목을 바꿔서 처음 연극 무대에 올린 뒤로 일본에서는 최근까지도 꾸준히 연극 무대에 오르고 있고, 1953년과 2009년에는 영화로도 만들어졌다.

이처럼 이 작품이 80여 년의 오랜 세월 동안 국경을 초월하여 많은 사람들에게 사랑을 받고 있는 이유는 무엇일까? 그것은 고바야시 다키지가 〈게 가공선〉이라는 소설을 통해 리얼하게 묘사한 노동자의 억압적인 근로환경, 자본주의의 폐해가 빚어낸 갑과 을의 불합리한 관계, 자본가들의 노동자에 대한 인권 탄압 및 노동력 착취 등이 현재의 노동 현장에서도 고스란히 재현되면서 독자들의 공분을 샀고, 더불어 독자들은 이 작품을 자기들의 처지와 심정을 대변해주는 자기 고백서처럼 느끼기 때문일 것이다.

그렇다면 〈게 가공선〉은 도대체 어떤 작품일까?

우선 '게 가공선'이 무엇인지부터 알아보자.

우리에겐 낯선 '게 가공선'은 1910년대부터 1960년대까지 오호츠크 해의 캄차카 반도 해역에서 이루어진 북양어업에 사용된 배로 통조림 공장의 설비를 갖춘 공선工船이다. 여름철 어기가 되면 화물선을 개조한 게 가공선과 부속 소형 어선인 가와사키부네가 북방 해역으로 나가 3개월에서 6개월 정도 활동하는데, 가와사키부네가 모선인 게 가공선에서 바다로 나가 '게'를 잡아 오면 모선에서 즉시 게를 통조림으로 가공하는 이동 통조림 공장과 같은 어선이었다.

그 모선인 '핫코 호'가 이 소설의 무대다.

'게 가공선'은 '공선'이지 함선이 아니기 때문에 항해법의 적용을 받지 않아 낡고 위험한 배가 개조되어 투입되었다. 또 공장도 아니기 때문에 노동법규도 적용되지 않았다. 그로 인해 법규의 사각지대에 놓여 있었고, 해상의 폐쇄공간인 배 안에서는 일본 도호쿠東北 지방 일대의 빈곤층에서 모집한 노동자에 대한 자본가들의 비인도적 학대가 자행되었다. 일본 정부 또한 북양어업의 진흥이라는 구실을 내세워 자본가들과 결탁하여 그들의 만행을 묵인하는 태도를 취했다.

이 작품은 구축함의 호위를 받으며 캄차카 근해로 출어한 게 가공선 내에서 벌어진 노예 노동의 실태를 통해 국가적 산업의 제국주의적 본질을 까발리고, 노동자의 자연발생적인 투쟁을 다이내믹한 집단 묘사로 그리고 있다.

작품을 완성한 후 고바야시는 이 작품의 의도에 대해 '센키' 파의 평론가인 구라하라 고레히토蔵原惟人에게 보낸 편지에서 개개인의 인물이 아니라 집단을 그리려고 했다는 점과 프롤레타리아 문학의 대중화를 위해 여러 가지 형식상의 노력을 했다는 점 등을 밝힌 후 다음과 같이 덧붙였다.

"이 작품은 '게 가공선'이라는 특수한 하나의 노동 형태를 다루고 있다. 하지만 게 가공선이 어떤 것인지에 대해 구체적으로 설명한 것은 아니다.

ⓐ 이 작품에서는 식민지, 미개척지에서 자행되는 착취의 전형을 볼 수 있다. ⓑ 이러한 착취는 도쿄, 오사카 등 대공업지대를 제외하면 여전히 일본 노동자들의 80퍼센트가 실제로 겪고 있는 일이다. ⓒ 또한 다양한 국제적 관계, 군사 관계, 경제 관계를 선명하게 볼 수 있는 편의가 있다.

이 작품에서는 미조직 노동자를 다루고 있다. 그런데 노동자를 미조직 상태로 유지하려는 자본주의가 오히려 자연발생적으로 노동자를 조직화하게 만들었다.

자본주의가 미개척지와 식민지에 어떤 '무자비한' 형태로 침입하여 끊임없이 원시적인 '착취'를 하고, 관료와 군대를 '문지기 '파수꾼' '경호원'으로 삼아 만족할 줄 모르는 학대를 가하였는지, 그리고 얼마나 급격하게 자본주의적 사업을 하는지를 말하고자 했다.

프롤레타리아는 제국주의적 전쟁에 절대적으로 반대해야 한다. 그런데 어떤 이유로 그래야 하는지를 알고 있는 '노동자'가 일본 내에 과연 몇 명이나 있을까? 그러나 지금 이것을 알아야만 한다. 긴급한 문제다.

그저 단순히 군대 내의 신분적인 학대를 그리는 것만으로는 인도주의적인 분노조차 불러일으킬 수 없다. 그 배후에서 군대 자체를 움직이는 제국주의의 기구, 제국주의 전쟁의 경제적 근거를 다룰 수가 없다.

제국군대 ― 재벌 ― 국제관계 ― 노동자.

이 네 가지를 전체적으로 볼 수 있어야 한다. 그러기 위해서는 게 가공선이야말로 가장 좋은 무대였다."

이 작품의 후반부를 수록한 《센키》 6월호는 발매 금지가 되었지만, 9월부터 약 6개월 동안 센키샤戰旗社에서 석 종의 단행본으로 간행되었다. 처음 두 종은 발매가 금지되었지만, 센키샤의

직배망에 의해 총 3만 5,000부가 팔렸다.

작가는 10장에 나오는 헌상품 통조림에 "돌멩이라도 넣어둬라!"라는 문장 때문에 오타루 경찰에 소환되었고, 1931년에 불경죄로 추가 기소되었지만, 〈게 가공선〉은 전작인 〈1928년 3월 15일〉 이상의 높은 평가를 받았다. 같은 해 8월의 〈요미우리 신문読売新聞〉에서는 이 작품이 1929년 상반기의 최고 걸작으로서 많은 문인과 평론가로부터 추천을 받았다.

또 국제혁명작가동맹의 기관지인 《세계혁명문학》에 번역 수록되어 세계 각국에 소개되면서 일본의 프롤레타리아 문학을 국제적인 수준으로 끌어올렸다. 그 후 중국, 소련을 비롯한 많은 나라에서 번역되며 현재까지도 고바야시의 작품 중에서 가장 널리 읽히는 일본 근대문학의 대표작 중 하나가 되었다.

소설에 등장하는 '게 가공선'은 실제 존재했던 '하쿠아이博愛호'를 모델로 한 것으로, 일본 적십자사 병원선 용도로 1898년 영국 조선소인 로브니즈 앤드 컴퍼니Lobnitz & Company가 제작한 것이다. 평상시에는 상하이 항로 우편선으로, 의화단 사건(1900)과 러일전쟁(1904) 시에는 병원선으로 가동되었다. 그 후 오래도

록 방치되다 1926년에 매각된 뒤 북양어업 게 가공선으로 급조되어 무리하게 조업을 강행하면서 많은 부작용을 일으키게 된다. 그러던 중 노동자 사망 사건이 발생하면서 문제가 불거졌다.

《게 가공선》은 이처럼 북양어업의 열악한 노동환경과 노동자(하급 선원)들에 대한 가혹한 처우, 관리자들의 부당한 폭리를 폭로하며, 미처 깨닫지 못해서 으레 그런 줄 알고 무심코 넘기는 바람에, 어떻게 해야 할지 몰라서, 그냥 당하고만 있던 노동자들을 각성시키고 움직이게 하는 데 큰 역할을 했다.

이 작품으로 인해 일본에서는 노동운동이 본격화하게 되었다.

1903
0세

• 1903년
10월 13일, 아키타 현秋田県 기타아키타 군秋田郡 시모카와조에무라下川沿村 가와구치川口 17번지(현재의 오다테 시大館市 가와구치 236의 2)의 소작 농가에서 둘째아들로 태어난다.

1907
4세

• 1907년
1월, 여동생 쓰기가 태어난다.
10월, 오타루 구小樽区 신토미초新富町의 큰아버지 게이기의 집에서 형 다키오가 급성복막염으로 죽는다.
12월 하순, 큰아버지의 도움을 받아 일가족이 오타루로 이주한다.

1908
5세

• 1908년
1월, 오타루 구 와카타케초若竹町 18번지에 주거를 정하고, 부모님은 큰아버지가 경영하고 있던 빵가게의 지점을 연다.

1909
6세

• 1909년
12월, 남동생 긴이 태어난다.

1910
7세

• 1910년
4월, 시오미다이潮見台 초등학교에 입학한다.

1916
13세

• 1916년
3월, 시오미다이 초등학교를 졸업한다.
4월, 큰아버지의 원조를 받아 오타루 상업학교에 입학한다. 신토미초의 큰아버지 집에 들어가 빵 공장 일을 도우면서 통학했다.

7월, 여동생 고가 태어난다.

1917
14세

• 1917년
사이토 지로斎藤次郎 등 교내 친구 몇 명과 동아리를 만들어 수채
화를 그리기 시작한다.

1919
16세

• 1919년
4월, 오타루 상업학교의 교우회 잡지 《손쇼尊商》의 편집위원으로
선발된다. 이 무렵부터 시, 단가短歌, 소품문小品文 등을 쓰기 시
작한다.
11월, 오타루 이나호초稲穂町의 중앙 클럽에서 개최한 서양화전에
수채화 6점을 출품한다.

1920
17세

• 1920년
4월, 회람잡지 《소묘素描》를 창간하고 그해 말까지 7집을 발행한다.
시와 소품문을 《손쇼》에 발표하고 《문장세계文章世界》 《중앙문학中
央文學》에 시를 계속 투고한다.
5월, 중앙 클럽의 제2회 서양화전에 수채화 3점, 9월 백양화회白洋
畫會에 수채화 5점을 출품한다.
9월 하순, 큰아버지의 반대에 부딪혀 그림 그리는 것을 그만두게
된 것을 계기로 그의 문학에 대한 열정이 더욱 깊어진다.

1921
18세

• 1921년
2월, 《소묘》의 폐간 후, 습작 원고 〈태어난 아이들〉을 재봉으로 철
해서 발행한다.
3월, 오타루 상업학교를 졸업한다.
5월, 큰아버지의 도움을 받아 오타루 고등상업학교에 입학한다.
큰아버지의 집에서 나와 와카타케초若竹町의 자택에서 통학한다.
가을 무렵부터 시가 나오야志賀直哉의 문학을 배우기 시작한다.

- 1922년

4월, 고등상업학교 교우회지의 편집위원으로 선발되어 교우회지에 단편과 바르뷔스의 작품을 번역하여 발표한다. 《문장 클럽》《소설 클럽》《신흥문학》에 단편소설을 잇달아 투고하여 〈형〉이 《문장 클럽》(12월호), 〈겐健〉이 《신흥문학》(1923년 1월호)에 입선한다.

- 1923년

2월, 〈계조모 이야기継祖母のこと〉를 써서 교우회지 28호에 발표한다.
4월에 쓴 〈귀향歸入〉이 《신흥문학》 7월호에 입선한다.
11월, 〈역사적 혁명과 예술〉을 《신주新樹》에 발표한다.
같은 달 17~18일, 고등상업학교의 간토 대지진 성금 모금을 위한 외국어 연극대회에서 마테를링크의 〈파랑새〉에 출연한다.

- 1924년

1월, 〈리듬 문제〉를 《신주》에 발표한다.
3월, 〈어느 역할〉을 교우회지 32호에 발표한다. 같은 달, 오타루 고등상업학교를 졸업한다. 홋카이도北海道 척식 은행에 취직한다.
4월, 오타루 지점의 계산원으로 일하다 두 달 후 외환계로 자리를 옮긴다.
같은 달, 《소묘》의 동료들을 주축으로 해서 동인잡지 《클라르테 Clarté》를 창간한다.
7월, 〈막과자점〉을 《클라르테》 2집에 발표한다.
8월, 아버지 스에마쓰末松가 병사한다.
10월, 부친의 버림을 받아 불행한 처지에 있던 다구치 타키田口タキ를 알게 된다.

- 1925년

2월, 〈그의 경험〉을 《클라르테》 4집에 발표한다.
4월, 은행원으로서의 안이한 생활 태도를 반성하며 노트로 원고첩을 만들어 글쓰기에 매진한다.
6월, 〈다구치의 '누이와의 기억'〉《북방 문예》 1927년 6월에 발행된 4호에 발표)을 쓴다.

8월, 〈류스케의 경험〉(《곳코極光》 1926년 7월호에 발표)을 쓴다.

· 1926년

1월, 〈섣달〉을 써서 3월에 발행된 《클라르테》 종간 5집에 발표한다.

8월, 〈사람을 죽이는 개〉(1927년 3월에 발행된 고등상업학교 교우회지 38호에 발표)를 쓴다.

9월, 하야마 요시키의 소설집 《매춘부》에 감명을 받는다.

11월, 〈셰익스피어보다도 먼저 마르크스를〉을 〈오타루 신문〉에 발표한다. 이 무렵부터 사회과학을 공부하기 시작한다.

· 1927년

1월, 〈눈 내리는 밤〉을 쓴다.

3월, 희곡 〈여죄수의 탈옥〉(《문예전선》 10월호)을 쓴다.

3월 3일~4월 9일, 오타루에서 이소노磯野 소작쟁의가 노동자와 첫 공동 투쟁으로 전개되었고, 이때 고바야시는 지주 측의 정보를 쟁의단에 제공했다.

5월, 〈열세 개의 유리구슬〉을 〈오타루 신문〉에 발표한다.

6월 19일~7월 4일, 오타루 항만 노동자의 대쟁의가 일어나고, 고바야시는 전단지 제작에 참가하며 이를 응원했다.

8월, 노농예술가연맹(노예)에 가맹한다.

9월, 노예의 오타루 지부 간사가 된다. 같은 달, 고가와 도모이치古川友一가 주재하는 사회과학연구회(화요회)에 참가하여 오타루합동 노동조합·노동농민당 오타루 지부 사람들과의 관계를 돈독히 한다. 〈남겨지는 것〉(《북방 문예》 10월 발행 5호), 〈마지막〉(〈섣달〉의 개작, 《창조월간》 1928년 2월호)을 쓴다.

11월, 노예의 분열로 결성된 전위예술가동맹(전예)에 참가하였다. 3월부터 쓴 장편 〈그 출발을 출발한 여자〉를 중편으로 마무리한다.

12월, 중편 〈방설림防雪林〉을 쓰기 시작한다.

• 1928년

1월, 〈누군가에게 보낸 기록〉(《북방문예》 6월 발행 6호)을 쓰고, 〈눈보라 치는 밤의 감상〉을 〈오타루 신문〉에 발표한다.

2월, 보통선거법에 의한 첫 국회의원 선거 때 홋카이도의 제1 선거구에 노동농민당에서 입후보한 공산당의 야마모토 겐조山本懸蔵를 지원하며 히가시쿳찬東俱知安 지방의 연설대에 가담한다.

3월, 〈다키코 기타滝子其他〉(《창작월간》 4월호)를 쓴다.

같은 달 15일, 일본 공산당과 공산당을 지지하는 단체의 전국적인 일제 검거가 이루어지면서 오타루에서도 대대적인 탄압을 받았다.

같은 달 25일, 그때까지 분열되어 있던 전예와 일본 프롤레타리아 예술연맹이 연합하여 전일본무산자예술연맹(나프)이 결성되어 혁명적 문학예술 운동의 기초 조직이 확립되었다.

4월 26일, 〈방설림〉 완성.

5월, 나프의 기관지 《센키戰旗》 창간. 같은 달, 이토 신지伊藤信二 등과 나프 오타루 지부를 만들고 《센키》의 배포를 담당한다.

같은 달 중순, 열흘간의 일정으로 도쿄에 상경한 고바야시는 구라하라 고레히토를 처음 만난다. 이후 그는 구라하라의 이론적인 영향을 받으며 동지로서 함께한다.

5월 26일, 〈방설림〉을 노트 원고 상태로 놔두고(2차대전 종식 후에 발견되어 《사회평론》 1947년 11월, 12월 합병호, 1948년 11월 호에 발표) 중편 〈1928년 3월 15일〉을 쓰기 시작한다.

7월, 외환계에서 조사계로 옮긴다. 같은 달, 해산된 오타루 합동노동조합의 후신인 오타루 운수노동조합이 창립된다.

8월 17일, 〈1928년 3월 15일〉을 완성하여 《센키》 11월호, 12월호에 발표한다(11월호, 12월호 모두 발매 금지).

9월 5일, 〈히가시쿳찬 행〉(《가이조改造》 1930년 12월호)을 쓴다.

같은 달, 3.15 사건에 의해 중단되었던 사회과학연구회가 재개된다.

10월 14일, 〈방설림〉의 개고에 착수하지만 바로 중지하고, 같은 달 28일, 중편 〈게 가공선〉을 쓰기 시작한다.

11월말, 오타루 해원조합과 관계가 있는 북방해상 소속원 클럽에서 발행하는 〈해상생활자 신문〉의 문예란을 담당한다.

12월 25일, 나프가 재조직되어 전일본무산자예술단체협의회(나프)

가 성립되었다.

1929
26세

• 1929년

2월 10일, 일본프롤레타리아작가동맹(약칭 작동. 훗날의 나르프) 창립, 중앙위원에 선발되었다.

같은 달, 작가동맹의 오타루 지부 준비회를 조직한다.

3월 30일, 〈게 가공선〉을 완성하여 《센키》 5, 6월호에 발표한다(6월호 발매 금지).

4월 16일, 다시 전국적인 탄압이 시작되면서 같은 달 20일 오타루 경찰에 소환되고 가택수사를 받았다.

6월, 〈프롤레타리아 문학의 '대중성'과 '대중화'에 대해〉를 써서 《주오고론中央公論》 7월호에 발표한다. 〈'캄차카'에서 돌아온 어부의 편지〉를 써서 《가이조》 7월호에 발표한다.

7월 6일, 중편 〈부재지주不在地主〉를 쓰기 시작한다.

같은 달 26일~31일, 〈게 가공선〉의 제목을 〈북위 50도 이북〉으로 바꾼 5막 12장의 연극이 신 쓰키지 극단에 의해 제국극장에서 상연되었다.

8월 23일, 4.16 사건의 탄압으로 해산된 오타루 운수노동조합이 재조직되어 전 오타루 노동조합을 창립하는 준비활동에 참가한다.

9월 10일, 조사계에서 출납계로 좌천된다.

9월 29일, 〈부재지주〉를 완성하여 《주오고론》 11월호에 발표한다. 같은 달, 〈게 가공선〉(〈1928년 3월 15일〉 수록)을 센키샤戰旗社에서 출판한다(발매 금지).

11월, 〈폭풍 경계보〉(《신초新潮》 1930년 2월)를 쓴다.

같은 달 16일, 〈부재지주〉를 발표했다는 이유로 은행에서 해고되었다.

같은 달, 〈프롤레타리아 문학의 대중화와 프롤레타리아 리얼리즘에 관하여〉를 《프롤레타리아 예술교정》 제2집에 발표한다. 《게 가공선》의 개정판(〈1928년 3월 15일〉 제외)을 센키샤에서 출판한다(발매 금지).

12월 7일, 〈구원 뉴스 No. 18. 부록〉(〈누군가에게 보낸 기록〉)의 개작, 《센키》 1930년 2월호)을 쓴다.

같은 달 18일, 중편 〈공장세포〉를 쓰기 시작한다.

• 1930년

1월, 〈프롤레타리아 문학의 새로운 문장에 관하여〉(《가이조》 2월호), 〈프롤레타리아 문학의 방향에 관하여〉(〈요미우리 신문読売新聞〉), 〈종교의 '급소'는 어디에 있을까〉(〈중외일보〉), 〈은행 이야기〉(《센키》 4월호)를 쓴다. 같은 달, 〈부재지주〉를 일본 평론사에서 출판한다.

2월 24일, 〈공장세포〉를 완성하여 《가이조》 4, 5, 6월호에 발표한다.

3월말, 오타루에서 도쿄로 이주하여 나카노 구中野区 가미마치上町에서 하숙한다.

같은 달, 《게 가공선》의 개정판을 센키사에서 출판한다.

4월, 〈프롤레타리아 문학의 '새로운 과제'〉를 〈요미우리 신문〉에 발표한다. 같은 달 《게 가공선》이 중국에서 번역 출반되어 국민정부에 의해 발매가 금지되었지만 불법으로 재출간한다.

5월, 〈'보고문학' 기타〉를 〈도쿄아사히東京朝日〉에 발표하고, 〈시민을 위해〉(《분게이슌주文藝春秋》 7월 증간호)를 쓴다.

같은 달, 《1928년 3월 15일》 개정판을 센키사에서 출판한다(발매 금지).

같은 달 중순, 《센키》 방위순회강연을 위해 교토(17일), 오사카(18일), 야마다(20일), 마쓰자카(21일)를 순회한다.

같은 달 23일, 비합법 조직인 일본공산당에 자금을 원조한 사건으로 오사카에서 체포되어 6월 7일에 석방되었지만 같은 달 24일, 귀경 후 다시 체포되었다.

7월 19일, 구류 중에 〈게 가공선〉 문제로 《센키》의 발행인인 야마다 세이자부로山田清三郎와 함께 불경죄가 추가 기소된다.

같은 달, 《공장세포》를 센키사에서 출판한다.

8월 21일, 치안유지법으로 기소되어 도요타마豊多摩 형무소에 수용되었다.

9월, 나프의 기관지 《나프》 창간.

10월 4일~16일, 〈부재지주〉(4막 11장)가 도쿄 좌익 극장에 의해 이치무라자市村座에서 상연되었다.

1931
28세

• 1931년

1월 22일, 보석으로 출옥하여 스기나미 구杉並区 나리무네成宗에서 하숙 생활을 한다.

2월 상순, 중편 〈오르그org〉를 쓰기 시작한다. 가이조샤改造社 판 현대일본문학전집(62)에 〈게 가공선〉 〈부재지주〉가 수록된다.

3월, 〈우리의 방침서〉를 〈요미우리 신문〉에 발표한다. 〈히가시콧찬 행〉을 가이조샤에서 출판한다.

같은 달, 다구치 타키와 결혼하는 것을 포기한다.

4월 6일, 〈오르그〉의 집필을 마무리하고 《가이조》 5월호에 발표한다.

같은 달, 〈문예시평〉을 《주오고론》 5월호, 〈벽에 붙인 사진〉을 《나프》 5월호, 〈소설작법〉을 《종합 프롤레타리아 예술강좌》에 발표한다.

6월, 〈계급으로서의 농민과 프롤레타리아트〉를 〈제국대학 신문〉, 〈독방〉을 《주오고론》 7월호, 〈네 가지 관심〉을 〈요미우리 신문〉에 발표한다.

7월 8일, 작가동맹 제4회 임시대회에서 중앙위원, 11일, 제1회 집행위원회에서 상임중앙위원, 서기장에 선출되었다. 〈편지〉를 《주오고론》 8월호에 발표한다.

같은 달 말, 스기나미 구 마바시馬橋 3가 375번지에 집을 한 채 빌려 오타루에서 어머니를 불러 동생과 함께 산다.

같은 달, 《오르그》를 센키샤에서 출판한다. 〈히가시콧찬 행〉이 슌요도春陽堂 판 메이지다이쇼문학 전집明治大正文學全集(51)에 수록된다.

8월, 중편 〈신여성기질〉(야스코安子)로 제목을 바꿈)을 〈미야코 신문都新聞〉에 연재한다(8월 23일~10월 31일).

9월, 만주사변으로 불리는 일본의 중국침략전쟁이 일어났다.

같은 달, 〈문예시평〉을 〈도쿄아사히 신문東京朝日新聞〉에 발표한다. 장편 〈전형기 사람들轉形期の人々〉을 연재하기 시작했다(《나프》 10, 11월호, 《프롤레타리아 문학》 1~4월호).

10월, 〈어머니들〉을 《가이조》 11월호에 발표한다.

같은 달, 일본공산당에 입당하여 당 내 작가동맹 그룹에 가입했다.

같은 달 24일, 일본 프롤레타리아 문화연맹(코프)이 결성되어 공장과 농촌의 문화 동아리를 기초로 한 문화운동의 재조직이 이루어졌다.

11월, 나라奈良로 시가 나오야를 처음 찾아갔다.

같은 달 15일, 코프의 결성에 의해 작가동맹에서 예술협의원으로 선출된다.

같은 달, 〈프롤레타리아 문학에 새로운 단계로 가는 길〉을 〈요미우리 신문〉에 발표한다.

같은 해, 국제혁명작가동맹기관지 《세계혁명문학》 러시아어판 제10호에 〈1928년 3월 15일〉이 초역되어 실리고, 영어판·독일어판·불어판으로 번역되어 실렸다. 독일어판 《1928년 3월 15일》이 독일 모프르Mopr 출판사에서 출판되었으나 발매가 금지되었다.

• 1932년

1월, 〈문예시평〉을 〈시사신보〉, 〈'조직활동'과 '창작방법'의 변증법〉을 〈요미우리 신문〉에 발표한다. 〈실업화차〉(《와카쿠사若草》 3월호)를 쓴다.

2월, 작가동맹이 국제혁명작가동맹에 가맹하고, 일본 지부가 된다.

3월, 〈전쟁과 문학〉을 〈도쿄아사히 신문〉에 발표한다.

같은 달 8일, 중편 〈누마지리 마을沼尻村〉을 써서 《가이조》 4, 5월호에 발표한다. 〈'문학의 당파성' 확립을 위해〉를 《신초》 4월호에 발표한다.

같은 달 24일, 문화단체에 대한 대탄압이 시작된다. 장편 〈전형기의 사람들〉의 연재를 중단한다.

4월 상순, 미야모토 겐지宮本顯治 등과 함께 활동 영역을 지하로 바꾸고 문화·문학 운동의 재건에 헌신했다.

같은 달, 아자부 구麻布区 히가시초東町에 살며 이토 후지코伊藤ふじ子와 결혼한다. 작가동맹 제5회 대회 일반보고 〈프롤레타리아 문학 운동의 당면 제 정세 및 그 '낙후'된 문제를 극복하기 위해서〉를 쓴다.

5월, 〈문예시평〉을 《주오고론》 6월호, 〈폭압의 의의 및 그것에 대한 역습을 우리는 어떻게 조직해야 하는가〉를 《프롤레타리아 문학》 6월호에 발표한다.

7월, 아자부 구 신아미초新網町로 이사한다.

8월, 〈기회주의의 새로운 위험성〉을 《프롤레타리아 문화》 8월호에 발표한다.

같은 달, 문화단체당 그룹의 책임자가 된다.

같은 달 25일, 중편 〈당생활자党生活者〉(《주오고론》 1933년 4, 5월호에 '전환시대'라는 가제로 발표)를 쓴다.

같은 달, 《누마지리 마을》을 작가동맹출판부에서 출판한다.

9월 하순, 아자부 구 사쿠라다초桜田町로 이사한다. 이 무렵부터 하야시 후사오林房雄를 대표로 하는 기회주의와의 논쟁을 벌이며 〈두 가지 문제에 관하여〉를 《프롤레타리아 문화》 10월호, 〈우익적 편향의 제 문제〉를 《프롤레타리아 문학》 12월호에 발표한다.

같은 해, 《게 가공선》이 소련의 모프르 중앙위원회 출판소에서 출판된다.

• 1933년

1933
30세

1월 7일, 중편 〈지구地区 사람들〉을 써서 《가이조》 3월호에 발표한다. 〈우익적 편향의 제 문제(속)〉를 《프롤레타리아 문학》 2월호에 발표한다.

같은 달 20일경, 은신처가 습격을 받아 시부야 구渋谷区 하네자와 초羽沢町에서 혼자 하숙한다.

2월 13일, 〈우익적 편향의 제 문제〉의 마지막 장 〈토론 종결을 위해〉를 완성한다.

같은 달 20일, 정오가 지나 아카사카赤坂 후쿠요시초福吉町에서 이마무리 쓰네오今村恒夫와 쓰키지 경찰서 특별고등경찰에 체포된다. 동 경찰서에서 경시청 특별고등경찰 나카가와中川, 야마구치山口 등의 잔혹한 고문으로 인해 오후 7시 45분에 사망한다. 검찰 당국은 사인을 심장마비라고 발표하고 해부를 방해한다. 22일의 고인을 기리기 위한 철야, 23일의 고별식 참석자를 총 검속했다.

3월 15일, 쓰키지 소극장에서 전국적인 노동자농민장이 치러졌고, 《적기赤旗》《무산청년無産青年》《대중의 친구大衆の友》《문학 신문文學新聞》《프롤레타리아 문학》《프롤레타리아 문화》는 추도와 항의의 뜻을 담은 특집호를 발행한다. 루쉰魯迅을 비롯한 내외 인사들로부터 다수의 조문弔文과 항의가 빗발쳤다.

3월 18일〜31일, 쓰키지 소극장에서 신 쓰키지 극단에 의해 추모공연 〈누마지라 마을〉이 상연되었다.

4월, 노동자농민장 기념 《기회주의에 대한 투쟁》을 일본 프롤레타리아 문화연맹출판부, 《고바야시 다키지 전집》을 작가동맹출판부, 《게 가공선 · 부재지주》를 신초분코新潮文庫에서 출판한다.

5월, 《부재지주 · 오르그》를 가이조분코改造文庫, 《지구 사람들》을 가이조샤, 《전형기의 사람들》을 국제서원, 《게 가공선 · 공장세포》를 가이조분코에서 출판한다.

9월, 《전형기의 사람들》을 가이조샤에서 출판한다.

같은 해, 《세계혁명문학 일본편》(〈게 가공선〉, 〈1928년 3월 15일〉 수록, 러시아어역)이 하르키우, 《게 가공선》(표제작 외에 〈1928년 3월 15일〉, 〈시민을 위해〉를 수록, 영역 일본단편집)이 뉴욕에서 출판되었다.